여행과 思惟

여행과 思惟 사유

석 채 지음

아무리 바쁘게 달려도 문명의 속도를 따라잡기에 벅차다!

처지지 않으려면 더 빨리 뛰어야 하고, 인간의 편리를 위해 만든 인공지능이 인간을 지배하는 세상이다.
학은 인간이 영생할 수 있다고 호언장담하고, 괴물로 변해 인간을 통제한다. 과학이 지배하는 세상에서
간은 너와 나, 우리라는 공동체를 박제시킨 후 각자도생의 길로 안내한다.

생각나눔

석채의 한마디

예순을 넘겼고, 아직도 시대의 강 언저리를 헤매고 있다.

니콜라니 네크라소프는 "슬픔도 분노 없이 사는 사람은 조국을 사
랑하지 않는다고 했다." 경찰공무원과 짧은 기자 생활, 노동운동을
하며 살아온 삶은 자랑거리도 아니지만 부끄럽지 않은 삶을 살았다.

소금 옷을 좋아했다.

폭력과 사기, 도둑질을 해본 적이 없고, 눈먼 돈을 탐해 본 적도
없다. 시대를 살면서 부끄럽지 않으려고 늘 비판의식을 가졌고,

그것이 죄가 되어 전과자가 되었다. 본문에 나오는 '부처님의 침묵'
등 현실을 비판하고, 살면서 문명이 부른 재앙을 목격했다.

　가슴이 터질 것 같은 분노를 다스리기 위해 역마처럼 이곳저곳을
떠돌다 보니 사유의 시간이 많았고, 아직도 유배지를 찾고 있다. 강
원도 정선과 전남의 신안은 좋은 유배지로 자주 찾는 곳이다.
　서툰 글을 읽어 주어 고맙고, 미안하다.

차례

석채의 한마디 *4*

Part A - 유배지에서 幸福을 찾다

Part B - 유배지에서 思惟하다

Part A

유배지에서 幸福을 찾다

• • •

보성

자연과 문학의 만남

서편제를 촬영한 청산도에 우리 간 적이 있지? 촬영만 그곳에서 했을 뿐, 서편제의 배경은 보성이야, 소설 태백산맥도 그렇고, 사상이나 감정, 상상을 언어로 표현한 예술의 향기가 진하게 배어 오직 마음으로만 느낄 수 있는 곳이라고 사람들은 말하지만, 보성만큼 섬세한 아름다움이 있는 곳도 찾기 어려워!

보성을 가기 위해 아침 일찍 출발했다.

보성의 문화와 역사, 관광지를 공부한다고, 헤라는 늦잠을 잤고 차 안에서 부족한 수면을 채운 후 진주를 지나면서 잠에서 깨어났다.

'어디쯤이야?' 지금 진주를 지니고 있어, 혹시 이정춘의 연작소설 『남도 사람』을 읽어봤어? 아니, 영화는 봤는데 책은 읽지 않았어!

본문 중에 이런 말이 있어!

"인생살이 긴긴 세월 동안 먼지처럼 쌓여 가는 것이 한이라네! 어떤 사람한테는 사는 것이 한을 쌓는 일이고, 한을 쌓는 것이 사는 일이 되는 것인디…."

내가 가장 기억에 남는 구절이야!

플라톤과 함께 그리스 최고의 사상가로 꼽히는 철학자 아리스토텔레스는 "전체는 부분의 합보다 크다."라고 했잖아, 합이 모은 것이 전체라면 어떻게 전체가 합보다 클 수 있을까! 정의하기는 좀 그렇지만 분명한 사실은 부분이 전체보다 크게 보이는 경우가 종종 있는데 우리가 가는 보성이 그런 곳이야.

영화로 천만 관객을 모았던 서편제는 판소리의 한 부분이고, 보통 판소리는 몰라도 서편제는 다 알고 있어! 서편제는 섬진강을 중심으로 보성과 목포를, 동편제는 남원을 중심으로 하고 있지. 경기도 지방에서 전승되어 온 중고제라는 것도 있어! 서편제나 동편제, 중고제는 판소리를 지역에 따라 가지치기를 한 것에 불과해! 전체인 판소리는 어떤 소리인지 몰라도 판소리의 부분인 서편제는 모두 알고 있으니까 오히려 촬영지인 청산도가 판소리의 본향으로 알려져 있잖아!

이청준의 연작소설 남도 사람의 중심에는 서편제가 자리하고, 이야기의 시작은 보성의 소리재로 불리는 한 고갯길에서 출발하지, 노래를 부르는 것을 소리라 하고, 선율 또는 말, 장단을 치지 않고 이야기를 엮어 나가는 것은 아니리라 부르고, 몸짓은 발림, 북채를 잡아 나가는 사람을 고수라 부르고 '좋다', '얼씨구' 등의 감탄사를 추임새라고 불러.

지금은 판소리 열두 마당 중 춘향가, 심청가, 흥부가, 수궁가, 적벽가만 전승되어 안타깝지!

우리가 알고 있는 트로트는 일제 식민지 시대의 잔재이고, 진정한 우리의 전통가요는 판소리지! 지금 우리가 가는 보성은 무형의 판소리와 문학이 함께 어우러진 곳이고, 풍광은 덤인 셈이지!

그리고 보성군에서는 우리 소리의 활성화를 위해 걷기 4개의 걷기 좋은 길을 선정하고, 서편제 소리 득음 길로 명명해 놓았지만, 봇재를 시작점으로 율포해수욕장으로 이어지는 길이 목가적이고 볼거리가 많아!

힘들지 않아? 글쎄, 마음의 작용에 따라 힘들 수도, 편할 수도 있겠지!

'악한 사람에게는 공평한 세상이지만 선한 사람에게는 불공평하다.' 세상은 구조적으로 잘못되었음에도 신을 끌어들여 공평을 강조했다는 어떤 글을 읽은 적이 있는데 벌교가 그런 곳이다.

프랑스의 철학자 데스튀드 드 트라시가 자신의 관념과 과학을 체계적으로 정립한 "삶의 현장은 어디나 전쟁터이고, 기본적으로 폭력을 동반한다."라고 했다. 이데올로기의 충돌로 발생한 한국전쟁은 약 400만 명의 무고한 죽임을 당했고, 벌교는 지주와 소작농, 좌우익의 대립이 가장 극심하게 분출된 곳으로 비옥한 토지 때문인지도 몰라!

1980년대에 출간한 조정래의 태백산맥은 따라 길을 나서면서 풍경을 눈에 담는다,

태백산맥은 한국전쟁 전후 시대적 배경과 이데올로기로 지식인들의 현실적 갈등과 정신적 혼돈을, 좌우로 갈라진 형제와 무당의 딸, 지주의 아들 등 다양한 군상들이 이데올로기가 무엇인지, 죽도록 일해도 왜, 늘 배가 고픈지, 장자 우선이 무엇인지를 절절하게 그려내고 있다.

태백산맥의 공간인 벌교를 저자는 **"거대한 산줄기를 나무로 상정한다면 벌교는 가지 끝에 매달려 있는 이파리로, 나뭇잎 하나를 흔들면 가지, 뿌리까지 흔들린다."**라고 했다.

절규에 가까운 농민들은 **"나라가 공산당을 만들고, 지주는 빨**

갱이를 만든다."라며 지배계급과 피지배계급의 갈등을 적나라하게 설정해 놓고 지배계급은 악으로, 피지배계급은 선이라는 이분법으로 배치했다.

유년의 기억만으로 지주의 아들을 사모하는 무당의 딸, 소화의 절절한 러브스토리로 로맨스를 가미하고, 죽임에 이유가 없는 소화 다리의 넘쳐나는 시체들은 무엇을 말하고 있을까?

피를 먹고 자란 억새는 억울한 죽임을 하늘에 알리려고 하는지 처연하고, 보물 제304호로 지정된 홍교는 지금도 아름답다. 아치형의 멋을 풍기는 홍교는 경주 불국사의 청운 백운교와 비슷한 형태를 취하고 있으며 유려한 곡선이 돋보인다.

벌교는 시간은 멈추어 있는 것 같다!

문학 답사 일 번지로 꼽히는, 벌교 읍내를 관통하는 태백산맥 문학 거리는 지역 사람들에게는 관심이 없고 이방인의 발길만 분주하다. 1935년에 건립된 일본식 가옥의 보성여관은 당시의 모습을 유지한 채 지금도 영업 중이고, 소화다리와 김범우 집,

허물어진 술도가는 제모습 그대로다. 금융조합은 그때의 모습으로 세월의 흐름에도 굳건히 자리를 지키고, 소화다리를 중심으로 조성된 꼬막거리의 간판은 외서댁 등 소설 속의 이름으로 정겹고, 하늘을 인 부용산은 말없이 벌교를 굽어보고 있다.

"부용산 산허리에 잔디만 푸르러 솔밭 사이사이로 회오리바람 타고, 간다는 말 한마디 없이 너는 가고 피어나지 못한 채 병든 장미 시들었구나."

안성현이 작곡했고, 박기동이 시를 쓴 부용산 노래 가사다.

24살의 꽃다운 나이에 폐결핵으로 죽은 누이를 부용산에 묻고, 애절한 심경으로 쓴 시, 작곡가가 월북했고, 빨치산이 즐겨 불렀다는 이유로 한때 금지곡이 되었고, 시를 쓴 박기동은 좌경으로 낙인찍혀 정권의 감시와 탄압으로 호주로 이민을 선택했다.

'힘들어?' 아니, 괜찮아! 표정은 말하지 않아도 힘들다는, 헤라의 얼굴에는 잔뜩 짜증이 묻어 있다!

이제 '대한 다원'에 가자! 고삐에 매인 망아지처럼 왠지 못마땅한 표정으로 따라다니던 헤라의 얼굴에 미소가 번진다!

1957년 30만 평에 달하는 활성산 자락을 일구어 조성한 대한 다원은 국내에서 가장 큰 차 관광농원이다. CNN방송이 세계에서 꼭 가보아야 할 가장 놀라운 풍경 31선에 선정된 곳으로, 풍광이 뛰어나다. 진입로에서 시작되는 수령 80년의 삼나무는 오대산 월정사와 내소사의 전나무 길과 견주어도 뒤지지 않고, 삼나무 숲길이 끝나는 지점부터 차밭이다. 중앙계단을 피하여 우측으로 돌아가는 완만한 경사는 피로를 덜어주고, SK텔레콤의 CF '수녀님과 비구승'의 촬영지로 인상적이다.

녹차는 1년에 3번 정도 채취하고, 곡우 이전에 채취하는 우전차가 제일 좋고, 채취 시기에 따라 이름도 다르다. 초록의 직선으로 이어지다 구릉지를 만나면 곡선으로 돌아앉고, 다시 고운 선으로 이어지는 풍경은 수채화다. 헤라가 이렇게 좋아한 적이 몇 번 있었던가!

풍경에 취하여 돌아서는 발걸음은 자꾸만 뒤돌아본다.

매점에서 산 녹차 아이스크림의 쌉쌀한 맛을 음미하며, 오른

쪽 능선으로 길을 잡으면 주목 나무와 왕대나무 숲길을 마주한다. 살아서 천 년을 살고 죽어서 천 년을 산다는 주목은 해발 1,000m 이상의 고산지대 식물로 466m의 환경에 적응하지 못하여 고사하여 형체만 남아 있다.

'주목 나무가 말라 죽었네.' 뭔가 대단한 것을 발견한 것처럼 헤라의 눈은 말라버린 나무에 고정한다.

실망할 필요는 없다!

곧이어 모습을 드러내는 왕대나무 숲은 담양의 죽녹원과 광양 매화마을의 왕대나무 숲보다 굵기를 더하면서 몽환의 세계로 초대받는다.

악당들이 무리 지어 다녀갔는지 가장자리의 대나무는 기괴한 문양 또는 하트를 가운데에 두고 자신의 이름을 새겨넣었다. 선조들은 돌에 이름을 새겨 후대에 남기는 천박함을, 지금 세대들도 따라 하는가 보다!

봇재로 가는 발걸음은 가볍다.

고갯마루에는 웅장한 자태의 차 박물관이 자연이 그린 수채화를 망가뜨리고, 어느 국가의 상징물인 풍차는 덩그러니 외롭다!

율포해수욕장은 몸속에 있는 한 줌 수분까지 짜낼 만큼 열기를 더해 간다. 조개를 캐는 여인들의 모습이 왠지 액자 속의 풍경을 감상하는 것 같다. 바다 가운데에 떠 있는 목선도 한가롭고, 잔잔한 파도는 남도의 넉넉한 인심을 닮았다. 해변에 설치된 조형물 중 손 하트가 압권으로, 연인들이 손에 손을 잡고 차례를 기다리고 있다.

"지금은 사랑이지만 그 사랑의 끝은 어디쯤일까!" 헤라와 나의 사랑은, 30%의 이혼율을 자랑하는 신세대들이 몇 년 후 이곳을 방문하여 오늘처럼 하트 손과 마주할까!

율포해변과 이어진 해안선을 따라 득량역으로 가는 길은 한가하다. 잘 자란 모가 가을의 풍요를 예감해 준다.

시골 간이역인 득량역은 침묵 속에 잠들어 있다. 유년을 소환하는 각종 추억의 물품들이 빼곡하게 준비되어 있고, 풍금도 소품으로 자리 잡았다. 역사 주변에는 추억의 놀이가 군데군데 설치되어 있다. 타임머신을 타고 과거로 돌아가면 눈앞에 보는 이런 모양일까! 과거로 돌아가 시간을 멈춘 후 역 앞 거리는 한때 점방이라 불리는 가게들이 추억을 팔고, 길게 이어진 담에 삼류 작가의 작품들로 소란스럽지만 특별한 뭔가가 있는 것 같다.

아파하고, 기억을 소환하고, 눈에 담아야 할 것들이 많이 남았지만, 벌교의 일정을 마감하고, 고흥이라 쓴 후, 보성 끝자락에 매달려 있는 장선도의 노둣길을 찾는다.

"작은 것이 아름답다고 했던가!"

한 바퀴를 도는데 5분이면 충분한 아주 작은 무인도가 그림처럼 바다에 떠 있다. 고흥의 끝자락으로 행정구역상 고흥군에 속하지만, 고흥이 아닌 보성을 지척으로 한다.

조성면에서 해안선을 따라 고흥 방면으로 길을 잡으면 광활한 갈대가 숲을 이루고, 장선도는 높은 산에 둘러싼 바다 가운데 한 점으로 떠 노둣길을 만들었다.

어부들이 물건을 운반하는 용도로 사용되는 바닷길이 노둣길이고, 만조에는 바닷속으로 자취를 감추었다가 간조에 때 제 모습을 드러낸다. 난간이 없는 노둣길은 은하를 달리는 기차의 레일처럼 자태가 멋스럽다!

물때를 알고 찾아가면 용이 승천하는 듯한, 상상 그 이상의 노둣길을 렌즈에 담을 수 있는 환상적인 곳이다.

밋밋하고 볼 것이 없다는 헤라와 달리 물때와 일기 등의 변수로 매번 촬영에 실패했지만, 다시 가야 할 곳이다.

역사와 소리는 오롯이 마음으로만 볼 수 있다! 꼬막을 숨겨놓은 갯벌과 농민의 한이 서려 있는 중도방죽은 아직 가보지 못했고, 언제가 다녀와야 할 미완으로 남겨둔다.

· · ·

정선

꿈길을 걷다!

정선이 어떤 곳이야? 정선이라니, 혹시 강원도 정선을 말하는 거야!

응, TV에 정선 아리랑시장이라는 곳이 나오는데 우리 시장에는 한 번도 가본 적 없지! 헤라랑 해마다 정선을 여행했지만 5일마다 열리는 전통시장은 한 번도 가보지 못했다.

질문의 의도가 빤히 느껴지는데, 가자는 말은 없고, 그냥 "정선이 어떤 곳이냐?"라고 묻는 의도는 정선으로 여행을 가고 싶다는 묵시적인 협박이나 다름없다!

왜, 정선에 가고 싶어? 정선은 지금 설국으로 엄청 추운데, 가고 싶다면 호텔 예약해? '응,' 호텔을 검색해 봤는데 지난봄에 정선에 가서 잤던 그 호텔 숙박비가 많이 내렸어! 벌써 호텔까지 검색해 보고는, 정선이 어떤 곳이냐고 묻는 헤라가 얄밉다! 시장 구경은 한 번도 하지 않았다는 것을 핑계로, 일방적으로 여행지를 결정하고, 적당히 마음 상하지 않게 동의를 구하는 헤라의 얼굴에는 게임에서 이미 이겼다는 승리의 미소가 피어난다!

강원도 정선은 사계가 아름다운 곳이다!

봄날의 연포마을, 동강 물길을 따라 달리는 몽환의 드라이브 코스, 야생화 천국인 만항재, 10월의 붉은 수수밭, 변방치 스카이워커에서 내려 보는 한반도 지형 등 걸음을 멈추며 작품인 곳이 정선이다. 지금은 도로 사정이 조금 나아졌지만, 오죽했으면 태산준령 험한 고개로 시작하는 '정선아리랑'이라는 노래까지 만들어졌을까? 정선은 육지 속의 고도이고 은둔의 땅이다.

여행은 여행을 가겠다고 생각하는 순간부터 여행이 시작된다.

호텔을 예약하고, 단 한 번도 경험하지 않는 차량에 체인을 끼우는 연습을 몇 번 해 보고, 하늘의 별과 바람과 불꽃과 사람이 하나가 되는, 불꽃놀이용 스파클라를 준비하고 겨울 정선으로 출발했다.

경상도와 충청도를 경계하는 죽령 터널을 지나면서 이 산하는 회갈색의 경상도와 순백의 충청도로 확연하게 구분해 놓았다. 영월을 지나면서 만난 겨울강은 짐승의 이빨처럼 시리도록 푸른 빛이 섬광처럼 빛나고 있다. 헤라가 소망했던 정선 장날을 택일해서 왔고, 가장 먼저 정선 오일장에 들렀다.

"언능 와요, 여가 정선장터래요." 시장을 알려주는 입간판부터 정겹다! 강원도에서 생산되는 각종 산나물이 주인을 기다리고 있다! 헤라는 내가 가장 좋아하는 음식이 더덕이라는 것을 알고 먼저 더덕을 샀고, 지방 특산물인 취나물과 곤드레를 선물용으로 샀다. 양손에 들고 다니기가 불편하다는 이유로 헤라의 지시를 받고 차에 산 물건을 옮긴 후 아리랑 공연을 봤다.

강원도의 힘을 한눈에 느낄 수 있는 곳이 정선아라리 전통시장이다.

돈을 내지 않고 무료로 관람할 수 있는 공연장은 지역민보다 외지인이 더 많은 것 같았고, 단순한 공연이 아닌, 정선의 경제를 살리기 위한 '피와 땀의 결정체가 공연으로 승화했구나.'라는 느낌을 받았다. 전통 예술을 추구하는 전문가의 춤사위와 결이 다른, 춤꾼 이상으로 예술이 가미된 춤사위를 본 후 박수로 화답했다. 오전 공연을 보고, 맛집을 찾아 한 상 푸짐한 식사로 지역 경제에 도움을 주고, 아쉬움에 오후 공연까지 봤다. 오전의 공연과는 달리 오후 공연의 마지막은 노래자랑까지 마련되어 있어 미니 전국노래자랑을 보는 것 같다.

노래하기 위해 정선에 왔는지, 전국 각지에서 몰려든 노래꾼의 실력은 수준급으로 헤라는 가사를 약간 개사한 「감수광」이라는 노래를 불러 박수를 받았다. 관객 역시 나이 지긋한 어르신들이 많은지라 고심 끝에 「비 나리는 고모령」을 선택했는데 관객의 반응은 싸늘했다. 주최 측의 배려로 참가자 모두 막걸리와 취나물을 선물로 받았고, 날씨는 추웠지만, 기분만큼은 하늘을 날았다.

정선 여행은 목적지를 정할 필요가 없다!

왔던 길을 되돌아가도 새롭고, 걸음을 멈추는 곳은 작품이다. 시장 맛집에서 이른 저녁을 먹고, 예약해둔 숙소로 가는 길은 눈으로 가득 채워져 이곳이 논인지 밭인지 쉽게 가늠하지 못하지만, 지난 봄날의 기억을 찾아 이곳이 논임을 확인한다. 여름에도 동강 줄기를 따라 영월에서 정선까지 여행했었다. 여름 정선은, 정선읍을 끼고 도는 물길에서 귀화식물인 달맞이꽃, 개망초 등이 지천으로 피어 있었다. 한국전쟁 이후 외국의 원조로 받은 밀과 보리 등에 숨겨져 들어왔던 귀화식물인 달맞이꽃과 망초는 오지인 이곳까지 침투하여 토종을 밀어내고 주인행세를 하고 있었는데 겨울은 그 모든 것을 순백으로 감추어 오히려 보기 좋았다!

겨울 해는 짧고, 정선의 밤은 빨리 온다!

숙소에서 추위를 녹인 후 택시를 타고 만항재로 갔다. 정암사를 지나고, 어느 산촌 입구에서 길이 빙판이라 더는 가지 못하겠다는 택시기사의 설명을 듣고 걷기로 한다. '만항재까지…' 우리나라에서 자동차로 가장 높이 오를 수 있는 만항재는 함백산 허리에 잘라 놓았다. 여름이며 야생화 천국, 겨울이면 만항재에서 운탄고도를 따라 걷는 겨울 트레킹, 전나무의 울창한 산림과 기온의 급격한 차이로 상고대가 아름다운 만항재의 밤길을 걷는다. 영하 15도를 넘는 겨울 날씨는 문명의 혜택을 받은 패딩이 추위를 막아주어 이마에서 땀이 난다. 30여 분을 걸어 만항재에 도착했고, 랜턴도 껐다. 대지는 별빛을 받아 어슴푸레 이곳이 눈밭을 알려주고, 침묵을 가르친다!

예전 헤라를 데리고 팔공산 야간산행을 하면서 했던 말이 문득 떠오른다. '화려한 도시의 불빛과 적막으로 가득한 어둠 중 어느 것이 아름다워?'라는 질문에 조금의 망설임도 없이, "도시의 불빛이 천국이라면 어둠은 지옥이다!" 순수하지 못한 영혼에서 나오는 답변에 실소했지만, 헤라의 오만한 심기를 건드리기 싫어 침묵했던 기억, 푸른 별이 빛나는 어둠을 즐기고 있다.

만항재를 찾은 이유는 푸른 별을 보면서 어둠을 즐기기 위해서다!

별은 시리도록 차고, 얼어붙은 하늘에 매달린 것 같다. 도시에서는 상상도 할 수 없는, 별 들이 구슬처럼 하늘에 매달려 영롱한 빛을 대지에 뿌리고 준비해 간 '스파쿨라'에 불을 붙인다. 수만 개의 별이 동시에 하늘에서 떨어지는 스파쿨라의 빛에 비치는 헤라의 얼굴은 활짝 핀 꽃으로 연신 렌즈에 담는다. 밤새 머물고 싶지만 내려가자는 헤라의 명령을 거역하지 못하고, 받아둔 택시기사님의 번호로 전화한 후, 내려가니 택시는 먼저와 대기하고 있다.

사북의 밤은 일찍 찾아왔다가 아침은 늦게 온다. 광산산업이 몰락하고, 정부가 지역경제를 살리기 위한 대안으로 카지노를 개설했다. 일확천금을 꿈꾸는 공간인데, 사북에는 전당포가 전국에서 가장 많다.

도박에는 관심도 없고, 카지노 옆에 있는 하이원을 찾는다.

눈이 족히 30cm쯤 될까! 무릎까지 닿는다.

리프트를 타고 정상 전망대까지 올라가는 길은 온통 하얀, 빛나는 순백의 세상이 펼쳐진다. "세상에 이보다 더 순수한 곳은 없다!" 백두대간의 장엄한 풍경의 마루금이 파노라마처럼 감동으로 다가오고 영혼까지 맑아진다. 좋은 사람과 오래도록 이 장엄한 풍경을 눈에 담는다.

삼탄아트마인으로 발길을 돌린다.

폐광된 탄좌 시설을 2013년 문화예술단지로 바뀐 국내 첫 예술광산으로 한국관광 100선에 뽑힌 곳이다. 원시미술관, 현대미술관, 역사박물관 등을 다채롭게 구성하여 독특한 분위기를 연출해 놓았다.

외부는 왠지 썰렁해 보여 버려진 공간처럼 느껴진다. 퇴색한 건축물은 탄광의 아픈 역사를 보는 것 같다. 그때 탄광에서 일하셨던 분들은 지금 어디에서 어떻게 살고 계시는지, 진폐나 규폐증으로 고통받는 모습이 눈앞에 아른거려 불편하다. 회색 콘크리트 건물이 순백의 눈과 대조를 이루면서 적막하고, 광산의 폐품들을 모아 만든 낡은 작품들은 왠지 공허하다.

'아라리 민속촌'으로 향한다.

구절리에서 흘러오는 송천과 임계에서 흘러내린 골지천이 이곳에서 만나 어울린다고 붙여진 이름이 '아우라지'고, 물길은 동강을 따라 남한강으로 이어진다. 정선에서 생산되는 질 좋은 소나무가 궁궐을 짓는다고 베어진 후 처음으로 뗏목에 실려 남한강 줄기를 따라 운반되었고, 고된 노동으로 '정선아리랑' 등의 노동요가 만들어진 곳이기도 하다.

사람이 모이는 곳에는 소문이 생겨나고, 세월이 지나면 소문은 전설이 된다. 아우라지에도 슬픈 전설이 있다. 사랑하는 사람이 돈을 벌기 위해 타관으로 떠난 후, 홀로 남은 여인이 애틋한 심정으로 떠난 임을 기다린다는 전설과 '아우라지강'을 사이에 두고 여량리 총각과 유천리 처녀가 사랑했단다. 총각은 동박을 따러 간다고 말한 후 매일 강을 건너 처녀와 사랑을 나누었는데 홍수로 총각은 강을 건너지 못했고, 총각을 만나지 못한 처녀가 이를 원망하며 부른 노래가 '정선아라리'라는, 지금은 아우라지강의 전설로 되었다. 전설에 근거하여 오작교도 놓였는데 주변환경과 배치되어 흉물처럼 비치는데 혜라의 눈에는 아름다운지 연신 예쁘다는 감탄사를 연발하여 관점의 차이를 느끼게 한다.

'아라리'라는 전설을 간직한 강가에 '아라리촌'이 자리를 잡았다.

조양강을 돌아앉은 아라리촌은 정선의 옛 주거문화를 재현해 놓는 민속촌으로 소나무를 쪼갠 널판으로 지붕을 얹은 너와집, 참나무 껍질로 지붕을 얹은 굴피집, 화전민의 귀틀집 등 다양한 가옥과 서낭당과 물레방아, 연자방아 등 다양한 볼거리들이 진열되어 있으나 사용하지 않아 고유한 아름다움을 잃고, 한반도 고유종인 '어름치'를 형상화한 조형물이 아라리촌 한자리를 차지하고 있다.

조그만 카페가 있고, 풍경과는 사뭇 다르게 카페의 내부는 넓다. 한쪽 벽면을 가득 채운 소품과 대형액자에 눈길이 간다. 어디에서 본, 기억의 착오가 없다면 영월에서 만난 섶다리가 분명하다. 사진은 눈밭에 있는 겨울 풍경으로 서정적이다.

카페에서 나와 강줄기를 따라 만들어 놓은 길은 눈 속에 묻혀 있다. 그 길을 따라 헤라와 손을 잡고 나란히 발자국을 남겨 본다. 처음 걷는 눈길은 누군가의 표식이 되니 조심하라고 했는데, 이곳은 마음 편하게 걸을 수 있어 좋다!

구절리역에서 아우라지역까지 이어지는 7.2km의 레일바이크 체험은 둘째 날 일정에 넣어 두었다. 언 강을 따라 레일바이크를 타며 겨울바람을 가르고 싶었는데, 헤라의 건강이 염려되어 포기하고 숙소로 돌아왔다.

2박 3일의 마지막 일정은 화암동굴이다.

화암동굴은 1945년까지 금광석을 캐던 광산으로 일제의 노동력 착취와 국내 자본을 수탈한 현장이다. 금광석을 캐기 위해 동굴을 뚫던 중 자연 동굴이 발견되었다고 한다. 눈을 밟으며 유유자적 걷고 싶었는데 문명의 혜택을 좋아하는 헤라의 '모노레일을 타고 올라가야 한다.'라는 강력한 주장에 걷기를 포기하고 모노레일을 이용했다.

동굴의 전체 길이 1.8km로 5개의 테마 공간으로 구성해 놓은 화암동굴은 생각보다 코스가 힘들다! 걷고 또 걷고, 계단을 반복하여 오르내려야 하는 화암동굴의 백미는 단연 꿈꾸는 정원이다. 미디어아트로 꾸며진 공간은 몽환적으로 커다란 해바라기가 압권이다. 광산개발 당시 굴착을 체험하는 공간, 좁고 컴컴한 수직갱도를 관람하고, 392m의 천연동굴과 마주한다.

공룡을 닮은 종유석이 눈길이 가지만 이내 실망으로 바뀐다. 분명 닮았지만, 인위적으로 무엇을 닮았다는 꼬리표를 꼭 붙여놓아야 하는지, 천연동굴에 들어가면 공룡, 호랑이 등의 형상이 있으니 찾아보라는 안내만으로 충분하지 않을까?

배려가 불편할 때도 있다!

인공동굴을 지나면 천연동굴과 마주한다. 석순과 석주, 석주 하나가 만들어지는 시간은 약 6억 년쯤의 시간이 걸린다는데, 도굴과 석순 수집상을 피해 용케도 숨어 지내 고맙다. 울진의 성류굴, 단양의 고수동굴과 별반 다름이 없지만, 화암동굴은 국가 지정문화재 제577호로 지정되어 관리되고 있다.

2박 3일의 일정은 끝났지만, 아직 가보지 못한 곳이 더 많다.

민둥산의 억새, 대촌마을, 가수리 등은 미완의 여행지로 남겨 둔 채 순백의 길을 따라 여행했던 벅찬 감동을 안고 2박 3일의 아쉬운 발길을 돌린다.

· · ·

신안 증도

유배지에서 나를 만난다!

지구가 미쳤는가 보다!

8월의 대구를 사람들은 '대프리카'라고 하지만, 아스팔트를 녹이는 열기는 밤에도 식지 않고, 오랫동안 대구에 살아도 이렇게 힘든 여름은 처음인 것 같다.

'초자연 현상일까?', '자연에 역행하는 인간들의 업보일까?', '수천, 수만 년 동안 자연의 현상에 순응하면서 만들어진 지구를 인간은 문명이라는 이름으로 불과 100년도 채 되지 않아 망가뜨린 결과물이 아닐까?' 라는 의구심도 든다. 에어컨을 틀어도 더

위는 가시지 않고, 더위를 탈출하고 싶은 헤라가 드라이브가자고
제안한다.

　대구의 '진산인 팔공산순환도로에 접어들자 기온이 조금 내려
갔는지 숨쉬기가 한결 편하다.
　'이번 휴가 어디로 갈 거야?' 드라이브는 본질을 감추기 위한
현상에 불과하고, 정작 중요한 것은 '여름휴가를 어디로 갈 것인
지' 정하는, 분위기를 조성하기 위한 트릭으로 드라이브를 선택
했다는 강한 느낌을 받는다.
　"어디로 가고 싶은데, 가고 싶은 곳이 있어?"
　"아니, 정하지는 않았지만, 지난겨울에 갔던 증도에 다시 한번
가고 싶어!"
　"지난겨울에 증도에 갔었는데 다시 가고 싶다고?"
　"응, 증도에 유배당하고 싶어!"
　그렇게 증도로 결정했다.

여행의 동반자 헤라가 옆좌석을 차지하고, 뒷좌석은 무슨 난민 수용소처럼 먹고, 갈아입고, 해수욕하기에 적합한 용품으로 자리를 가득 채운 후 출발했다.

누구나 다 알고 있는 뉴스를, 무슨 비밀처럼 헤라의 조잘거림은 저 멀리 지리산의 천왕봉이 점으로 하늘에 떠 있을 때쯤 끝나고, 무료함을 달래기 위해 음악을 듣는다.

천상의 목소리라는 Lionel Rich & Diana Ross가 부른 Endless Love가 헤라의 조잘거림을 대신하며, 차 안을 가득 채운다.

6시에 출발하여 지리산 휴게소에서 아침을 먹고, 광주, 목포를 거쳐 증도에 도착하니 시계는 정오를 막 지나고 공기가 달라졌다. 천사의 섬 또는 보물섬으로 불리는 신안군은 1,025개의 섬으로 이루어져 있고, 섬 전체가 문화유산으로 지정되어 관리되고 있다.

'너무 더워' 태양은 머리 위에서 열기를 뿌린다!

태평염전 수생식물원은 물길 속에 또 다른 물길이 있는 광활한 갯벌로 칠면초, 농어를 흔하게 관찰할 수 있는 곳으로, 5월 말이 아름답고, 눈 내리는 겨울이면 한 편의 수묵화를 보는 것 같은 몽환적인 풍경을 연출한다.

5월에는 하얀 삐비꽃이 평원을 이루고, 자줏빛 칠면초가 붉은 카펫을 깔아놓는다. 겨울에는 브라운 톤의 물억새가 서정적인 분위기를 연출하여 로맨스가 가미된 영화의 주인공으로 변신할 수 있는 곳이다.

수생식물원 옆에는 우리나라 최대 규모의 태평염전이 있다.

도로를 중심으로 길게 널어선 소금 창고는 이국적인 풍경을 연출하고, 방송으로 듣던 염전 노예 등의 낯선 단어가 떠오른다.

바닷물에서 소금은 얻는 고전적인 방식의 염전은 풍부한 미네랄을 우리 식탁에 제공하지만, 편리에 젖어 염전이 무엇인지도 모르는 사람들에게는 상상이 가지 않는 풍경이다. 도로변에 줄지어 서 있는 소금 창고에 앵글을 맞추면 인생 사진까지

건질 수 있는 행운을 누릴 수 있다.

'겨울하고 느낌이 다르네!'

 태평염전을 지나 키 낮은 산모퉁이를 15분 정도 구불구불 돌아가면 길을 끝나고 화도로 들어가는 노둣길과 마주하며 '섬 속에 섬이 있다!'

 노둣길은 만조에는 물에 잠겨 바다가 되고, 간조에 모습을 드러내는 어부들의 바닷길로, 노둣길 끝에는 꽃섬이라 불리는 화도가 손짓한다. 아무 때나 길을 내어주지 않는 화도에 갈려면 물때를 잘 맞추어 1. 2km의 노둣길을 지나야 하며, 화도는 바람과 철새가 쉬어가는 섬 속에 있는 작은 섬이다.

 섬사람들은 바다에서 좀 더 많은 수산물을 얻기 위해 바닷길을 내었고, 간조일 때 이 길을 통하여 수산물을 운반한, 화도라 적고 꽃섬이라 부르는 화도는 전설을 간직한 섬이다. 옥황상제의 딸 선화공주가 이곳으로 쫓겨나 귀양살이를 하던 중 외로움을 달래기 위해 꽃을 심었고, 꽃씨들이 바람에 날려 섬 전체로

꽃이 번졌다는, 들어갈 때와 나올 때를 잘 맞추어야 하는 화도이기에 신비감이 더해지고, 물때를 놓치면 의지와 상관없이 섬에 갇힐 수 있다. 몽환적이고 신비로운 화도는 만조일 때는 한 송이 꽃으로 피어나 가장 아름답다!

누가 말하지 않았던가! 세상은 내가 보는 것이 전부가 아니고 보이지 않는 세상이 있다고, 화도에는 내가 보지 못한 또 다른 무엇이 이곳에 숨겨져 있는 것 같다!

물때도 아직 많이 남아 오랫동안 이곳에서 유배당하고 싶은데, 정연한 자연의 법칙을 무시하려는 혜라의 오만함은 화도에서 더 이상 머물기를 거부한다.

사람의 힘을 더하지 않는, 있는 그대로의 자연을 무위자연이라고 장자는 말했다. 자연의 순행을 거부하고, 문명의 기준으로 재단하여 자연에 역행하면서까지 관광지로 개발하는 행위는 자연에 대한 문명의 도전이다. 대재앙을 몰고 온 쓰나미, 태풍, 허리케인 앞에서 문명이 얼마나 보잘것없는 존재인지 경험했다. 관광의 목적으로 만들어진 장둥어 다리와 무한의 다리는 주변 환경을 거부하고, 인위적으로 만들어 보는 것조차 불편하다.

도시인들이 healing의 목적으로 유배지로 섬을 선택하고, 스스로 스며든다! 분명 점으로 연결되었던 섬들이 문명의 혜택을 받아 연륙교가 개통되면서 육지화되어 몸살을 앓고 있다. 점과 점으로 이어져 배를 타야만 들어갈 수 있는 신비로운 섬이 선으로 연결되면서 섬의 시계가 빨라지면서 오랫동안 머물지 못하고 스쳐 지나가는 섬으로 변해 안타깝다.

갯벌을 가로질러 세워진 장둥이 다리(472m)에서 내려다본 갯벌에는 생존권을 위협받은 장둥어와 농게 등 수생식물들이 생존을 위해 처절한 사투를 벌이고 있다.

보통 18cm 정도의 장둥어는 망둑과 물고기로 눈이 머리 위에 돌출되어 생김새가 특이하고, 물속에서는 아가미 호흡, 물 밖에서는 피부호흡을, 가슴지느러미를 이용해 갯벌을 기어 다니는데, 장둥어 다리를 홍보하기 위해 제작해 놓은 입간판은 꼭 한 번 읽어 보시라!

'맨발로 갯벌을 걷는 갯벌 여행은 자연과 내가 진정 하나가 되는.' 자연과 하나가 되는 맨발을 운운하면서 목교는 왜, 만들었을까?

목교를 피하여 장등어 다리 옆에 있는 해수욕장의 잔잔한 파도를 온몸으로 맞서며 healing 하는, 내가 선택한 유배지가 문명의 지배를 받으면서 신음하고 있다!

서정적인, 감성이 있는 해수욕장을 찾는다면 우전해수욕장으로 가자! 듬성듬성 세워져 있는 파라솔은 덮개를 짚으로 만들어, 동남아 어느 낯선 해변으로 착각하게 한다! 가족 또는 연인의 추억 만들기 장소로 어울리고, 한국의 '발리'라는 명칭까지 부여받았으니 풍경 또한 보증받았다.

끝이 보이지 않는 해변은 장등어 다리까지 연결되어 있고, 시간이 멈추어 버린 해변은 적막하다. 파라솔에 누워 먼 하늘에 시선을 두면 누구나 시인이 되는 곳이다.

해수욕장 한 모퉁이를 차지한 빨간 벽돌의 엘로라도 리조트가

요새처럼 진을 치고, 피서객의 출입을 통제하여 아쉽지만, 아쉬움을 달래고도 남을 아름다운 풍경, 해넘이 때 가장 아름답다.

수평선 너머 하늘과 바다가 하나가 되고, 해넘이 장엄한 풍경까지 덤으로 얻는다.

우전해수욕장의 바다도, 함께 서 있는 헤라의 얼굴도, 내 얼굴까지 붉게 물들이는 장엄한 현장에 서 있는 것만으로 행복의 절정을 느끼는데 이 분위기라면 오늘 밤 헤라가 그냥 지나칠까!

태평염전, 화도, 장둥어 다리, 우전해수욕장은 보물섬의 시작점에 불과하고, 진정한 여행은 지금부터 출발이다.

12사도 순례길 등 너무 많은 것을 한 번에 담기에는 너무 벅차고, 지금 내 가슴에 너무 많은 것이 채워져 다음을 기약한다.

• • • •

황매평전

그곳에는 그리움이 있다!

내 몸에 불이 붙는다면 끄는 유일한 방법은 일탈이고, 영혼이 위로받으려면 지금 선 자리에서 훌쩍 떠나야 한다.

4월이면 연분홍의 철쭉이 하늘 정원을 만들고, 8월이면 초록초록한 풀잎이 바람에 눕는다. 만추에는 현란함을 거부하고, 브라운 톤의 색감으로 이 산하를 물들이는 곳이 바로 '황매평전'이다!

붉은 석양이 어둠에 제 모습을 숨기면, 동녘 하늘에 배고픔을 알려주는 '밥바라기'가 어둠을 밝힌다. 은하수 별 밤 아래 숨죽인 억새는 포근하고, 하늘에 성근 별들은 시리도록 차다. 이 산하는 만산홍엽으로 물들이는데 이곳은 현란함을 거부하고 오직 단색으로 전국의 사진작가들을 초대한다.

季節이 깊으면 아름답지 않은 곳이 어디 있으랴마는 아주 특별한 무언가를 얻기 위해 전국의 단풍 명소들 제쳐 두고 이곳을 찾는 이유는 무엇일까? 억새를 배경으로 한 장엄한 日出과 석양을 배경으로 억새의 실루엣을 렌즈에 담기 위함이다.

南으로는 국립공원 1호인 지리산 천왕봉이 한 点으로 하늘에 걸려있고, 北西로 백두대간의 마루금이 실루엣처럼 덕유산까지 이어진다.

東으로 눈을 돌리면 蓮花을 닮은 가야산이 지척으로 다가오는 삼각점의 한가운데 황매산은 은밀하게 몸을 숨기고 있다. 황매산은 전국에 산재해 있는 어느 국립공원과 견주어도 손색이 없을 만큼 사계의 아름다움을 간직하고 있지만, 군립공원으로 합천과 산청의 경계를 이루면서 남부 내륙지역 깊숙한 곳에 자리 잡아 오지 중의 오지로 대중교통 이용은 불편하다.

　한때 죽음의 도로로 악명 높은 88올림픽 고속국도가 지금은 왕복 4차선으로 확장되었고, 도로명도 88올림픽 고속국도에서 달빛 고속국도로 명칭이 변경되었다. 합천 IC에서 내려 황매산으로 가는 여정은 황강의 유려한 물길과 금빛 백사장, 벚꽃길로 이어진다. 한국 근현대사를 한눈에 볼 수 있는 합천 영산테마파크에서 잠시 발길을 멈추고 역사 앞에 겸허해진다!

　"잘살아보세."라는 구호 아래 고단한 근대사를 이겨낸 세대에게는 유년의 기억과 고단했던 삶을 소환하는 장소이고, 신세대에게는 앞선 세대의 고단한 삶을 체험하는 곳이다. 「태극기 휘날리며」, 「장군의 아들」 등 숱한 영화들도 이곳에서 만들어졌다. 청와대를 옮겨 놓은 듯 실물과 똑같은 형태의 세트장이 구석진 자리에 은밀하게 숨겨져 관람객을 맞이하고, 일월오봉도를 배경으로 한 대통령 집무실과 사진까지 찍을 수 있도록 배려하고 있다.

　대통령의 탄핵, 음모와 배신으로 검은 머리의 짐승을 거두면 반드시 화가 미친다는 고사를 일깨워 주는 은밀한 공간인 대통령이 거주하는 청와대 건물만큼 이곳도 대단한 위용을 자랑하고 있다. 합천 영상테마파크에서 역사와 마주한 후 황매산으로 가는 길을 거대한 합천호가 또 여행자의 갈 길을 멈추게 하지만 그냥 지나치고, 수몰민의 집단이주지역인 을씨년스러운 대명마을 앞에서 좌회전하여 비켜 간다.

산객과 여행자를 위하여 잘 다듬어진 도로는 '황매평전'까지 이어지고, 핑크뮬리 군락이 왠지 불편하다! 귀화식물인 달맞이꽃과 자리공이 해방 이후 구호품에 숨겨져 이 땅에 뿌리를 내린 후, 터줏대감 역할을 한지 얼마나 지났다고, 이국적이고 아름답다는 이유로 산속까지 침투하여 고유종을 위협하고 있다. 철쭉과 억새를 目的으로 한다면 우리나라에서 가장 쉽고, 편안하게 억새를 즐길 수 있는 곳이 황매산이지만 등산을 목적으로 한다면 모산재에서 황매평전 황매산 정상까지 이어지는 만만치 않을 체력을 요구한다.

황매산 등산은 일반적으로 모산재를 시작점으로 '영안사지'를 둘러본 후, 돛대바위, 황매평전, 정상으로 이어지는 약 7시간 정도가 소요된다. 산객들은 산을 탄다고 말한다. 능선에 오르면 업히는 것이고 골에 몸을 숨기면 안기는 것이 산행인데, 굳이 산은 타고, 征服이라고 말할까 싶다.

아는 만큼 보인다고 했다!

원래의 위치에서 자리를 조금 비켜앉았지만 '영안사지'의 쌍사자석등은 통일신라 시대의 전형적인 양식에서 비켜선 연화 좌대와 양각으로 새겨진 두 마리 사자의 자태에 매료되어 식민지 시대 일본인의 불법 반출을 주민들이 지켜냈고, 지금은 보물 제353호로 지정되어있다. 세월의 흔적을 고스란히 간직하고 있는 쌍사자석등과 귀부는 영암사지의 한 모퉁이에서 하늘을 받들고 있다.

나의 『문화유산답사기』 저자 유홍준이 부석사 무량수전 배흘림기둥에서 내려다보는 전경이 우리나라 최고로 아름다움으로

國寶로 지정되어야 한다고 주장했지만 아마 황매산을 몰랐기 때문이 아닐까!

占으로 이어지는 지리산의 천왕봉과 노고단, 線으로 이어지는 백두대간의 유려한 실루엣, 蓮花를 닮은 가야산의 絶景에 쉽사리 발길을 돌리지 못하고 넋을 잃고 만다.

영암사지를 뒤로하고 모산재로 오르는 발길은 더디다. 암릉과 직각의 계단은 너무 아찔하여 발아래를 내려다보지 못한다. 자연이 빚은 거대한 바위가 천왕봉을 마주하며 위풍당당하고, 순결바위의 갈라진 틈새로 들어가면 불결한 사람은 바위가 오므라진다는 傳說로 쉽게 틈새로 들어가 지 못한다.

꽃이 아름답다고 꽃을 든 사람까지 아름답지 않고, 악어의 눈물도 있다. 꽃병에 담으면 잠시 화려하겠지만 결국은 쓰레기로 남는다. 花는 畫로서 즐겨야 하며, 인위적인 덧칠은 그림을 망치게 한다.

지나친 배려는 불편함을 초래하고, 떡을 만지면 떡고물이 떨어진다는 평범한 진리를 이곳에서 확인한다. 황매산 하늘 계단은 대리석을 소재로 만들었고, 반드시 철거되어야 한다. 화강암의 계단은 APT 계단을 오르는 것처럼 힘들어 분노까지 치민다. 장자의 無爲自然을 記憶하지도 못하는지, 하지 않음으로 하는 것보다 좋다는 평범한 진리를, 自然에 文明이 더해지면 파괴로 이어진다는 절대적 진리가 무너지는 참담한 현실에 절망한다.

하늘 계단을 오르면 콘크리트 구조물로 만들어진 기괴한 형상의 전망대가 자연 파괴를 축하하는 상징물로 우뚝 서 있다. 전망대가 없이도 천왕봉과 덕유산의 웅장한 자태가 한눈에 조망되는데 떡을 만지고 떡고물을 챙겨야겠다는 지방자치단체장과 선거를 도운 토건 세력의 합작품이 아닐까 의심해 본다.

그래도 '황매평전'은 평온하다!

지난 시절 어느 낙농업자가 초지를 조성한 후 방치된 평전은 자연은 왕성한 복원력으로 광활한 초지를 만들었다. 지금 우리는 위대한 자연을 마주하면서 인간이 자연 앞에 얼마나 나약한 존재인가를 실감하며 자연의 경이에 찬사를 보낸다. 전망대를 지나면 소의 등을 닮은 완만한 내리막이 이어지고, 다시 절망과 마주하게 된다.

지방자치의 폐해일까! 자연에 정면으로 도전하는 성곽의 구조물이 백두대간의 조망을 방해한다. 바위와 쪼아 이름을 새겼던, 타락한 자신을 만천하에 공개하는 아둔한 선조들을 닮고 싶었는지, 대목장의 뛰어난 기술도 아니고 그저 평범한 정자는 마루금의 허리를 잘라 버렸다. 가파른 오르막과 철계단을 지나면 이곳이 1,108m 황매산 정상임을 알려준다.

順天者興 逆天者亡이라고 하지 않았던가!

장자의 무위자연은 空虛하고, 문명을 팔아 자연을 돈벌이의 수단으로 삼겠다는 오만과 위선은 지금도 전국 곳곳에서 벌어지고 있다. 미래 세대에게 빌려 쓰는 자연을 천박한 문명이 파괴해도 침묵한다면 행동하지 않는 양심으로 악의 편에 서는 당신의 모습이다.

　내 것이 아니고, 이용하기 편하다고 훼손을 방관한다면 우리의 미래는 없다. 나무와 돌멩이 하나도 훼손하지 않으려고 최소한의 안전만 고려하여 깃발과 동그라미 등의 표식으로 길잡이 안내만 하는 설악산 귀때기청봉의 너덜지대, 일본의 '오쿠호타카타케'를 생각하며 무거운 발길을 돌린다.

세상에서 가장 작은, 영화 기적의 모티브가 된 양원역

· · ·

세평 하늘길

자연에 물들다!

아무리 바쁘게 달려도 문명의 속도를 따라잡기에
는 벅차다!

뒤처지지 않으려면 더 빨리 뛰어야 하고, 인간의 편리를 위해
만든 인공지능이 인간을 지배하는 세상이다. 과학은 인간이 영
생할 수 있다고 호언장담하고, 괴물로 변하여 인간을 통제한다.
과학이 지배하는 세상에서 인간은 너와 나, 우리라는 공동체를
박제시킨 후, 각자도생의 길로 안내한다!

사유조차 허락하지 않는 끝없는 경쟁에 환멸을 느끼고, '나'라는 자아를 찾아 잠시 문명과 이별한다.

하늘도 세평 땅도 세평인 하늘길을 만나기 위해 06:03 동대구역에서 출발하는 무궁화호 기차에 몸을 맡기자 열차는 미명 속을 천천히 움직인다.

경주도 있고, 가까운 바다도 좋은데 왜 하필 문명이 없는 '세평 하늘길'이냐는 헤라의 앙탈을 '가보면 알아!'라는 원론적인 답변을 하고 수면 부족을 기차에서 보충하라고 한 후, 『너의 췌장을 먹고 싶어』라는 일본 작가 스미노 요루의 소설로 펼친다.

영천을 지나면서 새벽안개를 뚫고 해가 살며시 얼굴을 내민다. 책을 덮고 아침 안개에 빛나는 레일 옆의 전원을 눈에 담지만, 헤라는 아직 꿈속이다. 경북 영주를 지나면서 산들은 기차와 좀 더 가까이 다가온다. 분천을 지나고, 열차가 낙동강 물길과 나란히 하는 협곡에 접어들 때 헤라가 잠에서 깨어난다.

"여기 어디지?"

"응, 지금 분천역을 지나고 있어."

"와, 환상적이네!"

분천역에서 승부역까지 기차는 20분이면 통과한다. 산이 길을 막으며 터널 속으로, 물길이 길을 막으면 다리를 놓아 건너기를 반복하면서 기차는 승부역에 도착한다. 산이 벽을 쌓아 하늘이 세평밖에 보이지 않고, 땅도 세평인 간이역에 기차는 우리를 내려놓고 긴 기적 소리를 울리며 동해로 간다. 정적만이 남은 간이역에 혜라와 나, 덩그러니 철길만 외롭다!

남녘은 초록에서 감청으로 색감을 더해 가지만 오월의 햇살만 가득한 강원도 끝자락에 매달려 있는 승부역은 온통 초록이다! 승부역과 분천역 사이의 거리는 12.5km로 세평하늘길의 들머리와 동시에 날머리가 되는 곳이다. 낙동강의 상류로 물길과 철길이 나란히 하고, 강이라고 하기보다 계곡에 가깝다. 조그만 다리를 건너면 봉화군에서 만든 이글루와 눈사람, 그리고 한때나마 이 땅에 살았다는 호랑이 조형물이 반긴다.

헤라는 즐겁다!

호랑이 입에 머리를 넣어보고, 비스듬히 기대에도 보고, 이글루에 들어가고, 헤라의 동선에 따라 카메라의 앵글이 바쁘게 움직인다.

지나온 다리를 건너 물길을 따라 우측으로 길을 잡으면 세평하늘길 들머리다. 기차를 제외하고, 자전거조차 거부하는 오솔길은 물소리와 동반한다. 한참 걷다 보면 숲길로 바뀌고, 바윗길과 모랫길로 바뀌는 변화가 무쌍하다. 좌측 물길은 좀 더 낮은 곳으로 이리저리 휘감아 돌고, 물빛은 참 곱다!

옛날에 용이 살았다는 전설을 간직하고 있는, 너럭바위에서 좀 쉬었다 갈까? 헤라의 동의를 구한 후 자리를 잡는다.

맥주 한잔을 하니 신선이 부럽지 않다. 배가 고픈지 과일과 빵을 먹는 헤라를 흐뭇한 미소로 바라보면서 오늘 밤 뒤풀이의 재물로 충분할 것 같다.

하늘은 한 점으로 파랗고, 수직으로 세운 바위는 수묵담채로 그려진 열 폭 병풍으로 서 있고 그 속에 헤라와 내가 자연 속에 풍덩 빠져 시간이 멈춘 곳에 유배된 것 같다.

'슬슬 걸어볼까?' 몽환의 세계에 빠져있는 헤라를 일으켜 세워 아직도 가야 할 길이 더 많이 남은 길을 걷는다. 물은 깊은 곳이 있으면 채우고, 넘치면 스스로 더 낮은 곳으로 향한다.

물길과 가까이 다가가다 또 멀어지고, 돌다리를 지나고, 그렇게 한참을 걷다 보면 철길과 물길이 맞닿고, 콘크리트 구조물 사이로 겨우 길을 낸 옹벽을 지나면 데크 길과 앙증스러운 출렁다리를 마주한다. 자연의 훼손을 최소화하여 길을 만들었기에 고맙고, 발아래 흐르는 물소리가 청량하다. 거북 형상을 한 바위가 물속에 잠겨 숨은그림찾기를 하고, 연인봉이 순수를 배반하는 것 같아 불편하다. 자연에 풍덩 빠진 나를 누군가가 건져 올린 것처럼…!

이곳이 인간계인지 선계인지, 장자의 호접지몽이 떠오른다! 인간과 자연의 경계는 불분명해지고, 눈길은 끝없이 이어지는 마루금으로 향한다. 좁은 하늘에 한 점 구름이 모였다 흩어지고, 물길은 사라사테의 Zigeunerweisen을 연주한다. 우연처럼 만나는 빨간색의 협곡 열차는 풍경에 음악을 얹어준다. 걷고 또 걷고 힘에 부치다 바위에 걸터앉으면 신선이 되는 길이다!

거북바위 등 지자체의 알림판이 불편하다.

앙투안 드 생텍쥐페리는 동화 속에서 "사막이 아름다운 건 어딘가에 우물을 숨기고 있기 때문이다."라고 했는데 초등학교 소풍 때의 보물찾기처럼 잔도를 걸으면서 "거북바위와 연인봉이 어딘가 숨어 있으니 찾아보셔요."라는 안내로 충분할 것을, 표지판이 고맙지만 불편하다.

양원역은 세상에서 가장 작은 간이역이다!

인가가 별로 없는 산마을은 늘 불편했다. 촌로들은 힘들게 고개를 넘어 장을 봐야 하는 불편으로 청와대에 기차역을 만들어 달라는 진정을 낸 후, 주민들의 십시일반 성금을 보태어 세상에서 가장 작은 간이역을 만들었다.

자연을 역행하지 못하도록 역사는 키를 잔뜩 낮추어 자연을 닮았고, 영화 기적의 motive가 되어 영화로도 만들어졌다. 물길 건너 산허리에는 서너 채의 민박집이 초가지붕을 머리에 이고 달보기 마을이라는 이름으로 나그네의 발길을 잡는다. 하룻밤 지새고, 별을 보면서 유년을 추회하고, 시인이 되라 하네! 언덕배기에 홀로선 수령 300년이 넘는 자연의 명작 금강송이 무심한 강물을 굽어보고, 세월을 낚으면서 전설로 남아 있다!

양원을 지나면서 길은 좀 더 편안해진다. 협곡으로 이루어진 기암절벽의 산세도 조금 유순해지고, 물길과 선로가 잠시 이별하는 용골에 도착한다. 나그네의 발길이 드문 탓인지, 주인장은 출타 중이고, 잠시 쉬어가라는 벤치는 쓸쓸하다. 아직도 여린 쑥은 누군가의 손길을 기다리며 지천으로 널려있다. 헤라가 쪼그리고 앉아 쑥을 뜯는다. 자연의 일부인 쑥을 뜯는 것은 누군가의 소소한 행복을 빼앗는 짓이라고 그만두라 말렸지만 "참새는 방앗간을 그냥 지나치지 못하는 법인가 보다!" 봉지를 어느 정도 채우고서야 멈췄다.

산은 물을 넘지 못하고, 물은 산을 건너지 않는다고 했던가?

물길은 산을 돌아 모습을 숨겼고, 철길도 터널 속으로 숨어 버렸다.

야트막한 고갯길을 넘어야 한다. 한국과 스위스의 수교 50주년을 기념하여 봉화군과 스위스 체르마트와 자매결연을 계기로 체르마트와 환경이 가장 비슷한 이 고갯길을 '체르마트'로 명명했다.

거친 숨을 몰아쉬며 고갯마루에 올라서서 하늘을 보니 좀 더 넓고 여유롭다. 고갯길을 내려서면 물길과 철길은 다시 만나고 물길을 가로지르는 철교가 덩그러니 놓여있다! 철교 옆을 걸을 수 있도록 좁은 인도가 설치되어 있지만 열차가 지나가면 아찔하다. "롤러코스트를 타는 기분이 이런 것일까!"

철교를 지나면 기차가 서지 않는 비동역이다.

강폭이 넓어지고, 들이 넓어 풍요롭다는 뜻의 비동역은 너른 들판을 보며 살아온 이방인의 눈에는 왠지 협소해 보인다. 산비탈로 이루어지고, 경작농지가 좁은 이곳 사람들에게 이 정도의 땅도 넓다고 생각하는 모양이다. 하긴 세평의 공간에서 살다 이곳을 보면 아마 평야쯤으로 여겨지리라!

비동역을 살짝 비켜서면 잠시 쉬어가라는 원두막이 자연을 닮아 평화롭고, 정성을 담아 딱았는지 깨끗하여 참 고맙다! 원두막에 걸터 앉으면 하늘과 물과 바람이 하나가 되고, 봄날의 햇살까지 더해져 여유롭다! 한 평이라도 농사지을 땅을 늘려 보려는 농부들은 산자락 뒤편으로 집을 숨겨놓아 순수한 자연만이 존재하고, 한 편의 영화라도 찍고 싶은 낭만적인 곳이다.

승부에서 비동까지 이어지는 숨 막히는 풍경과 물길이 들려주는 Zigeunerweisen의 선율은 이곳에서 멈추고, 계곡은 강의 모습으로 바뀐다. 무심한 강물을 벗 삼아 분천역까지 이어지는 약 5km의 딱딱한 시멘트 포장길로 긴 여정에 지칠 때 분천리라 쓰고 싼타마을이라고 읽는 분천역에 도착한다.

눈이 많이 오는 지역의 특성을 살린 산마을을 관광자원으로 활용하고 있지만 홍보가 부족했는지 한산하다. 산타 조형물이 안쓰럽다. 외국에서 수입한 낙타를 닮은 '알파카'가 좁은 우리에서 누군가가 주는 먹이를 기다리며 고통 속에 신음하고 있다!

산촌의 작은 마을은 목가적인 풍경을 잃어버리고 문명이라는 이름으로 훼손되는, 거대한 콘크리트 공간에서 탈출한 이방인에게 안타까운 연민을 느끼게 하는 분천역이다.

승부역에서 양원역까지의 여정을 오랫동안 추억으로 가슴에 담고, 비동역에서 분천역까지의 기억은 사진으로 남긴다.

● ● ●

진도

아픈 만큼 사랑하리라!

2014년 비가 추적추적 내리는 6월에 진도 팽목항을 방문했는데 오히려 폐가 되는 것 같아 슬픔을 안고 돌아왔다. 강산이 변할 때쯤 다시 진도를 찾았지만 슬픔은 그대로인데, 그 때의 기억을 지우려는지 항만 공사가 지형을 바꾸어 놓았다!

대구에서 광주를 찍고, 목포를 거쳐 진도에 도착하니, 해는 아직도 많이 남았고 바다를 담은 하늘은 시리도록 푸르다. 제주도와 거제도에 이어 우리나라 3대 섬인 진도는 진도대교가 개통되면서 섬인지 내륙인지 경계가 모호하고, 진도대교에서 내려다본

'울돌목'은 회오리를 이루다 용솟음치기를 반복한다.

　임진왜란 때 이순신 장군은 전함 13척을 이끌고 왜구 전함 133척을 수장시킨 역사의 현장이지만 왠지 전설처럼 들리고, 거친 물결은 바다인지, 계곡의 급류인지 경계가 모호할 정도로 거칠다!

　먼저 팽목항에 가야 한다는 말에 헤라의 표정이 굳어지면서 어차피 관광인데 좋은 곳부터 먼저 가잔다. 나쁜 것을 먼저 보고, 좋은 것을 보면 나쁜 기억은 잊고, 좋은 기억만 고스란히 가져올 수 있다는 설득에 헤라가 수긍하면서 팽목항에 갔다.

　2014년 4월 16일 제주로 수학여행을 떠나는 배가 침몰하면서 304명의 생명체는 이유도 모른 채, 죽임을 당했다. 하늘도 울고 땅도 울었던 통곡의 바다, 방파제로 이어지는 콘크리트 구조물 사이로 퇴색한 노란 깃발들은 바람에 찢겨 떨어져 나갔다. 구석진 자리 한구석에는 제발 잊지 말고 기억해 달라는 메시지처럼 어린 영혼들이 신발이 세월에 바랜 채 가지런히 놓여 있다. '관념의 차이일까!' 그곳에 가기를 거부했던 혜라는 색 바랜 신발을 보자 무릎을 꿇고, 오랫동안 기도하면 눈물을 훔친다. 애틋한 부모의 마음이 이런 것이 아닐는지! 팽목항을 떠나면서 촉촉이 젖은 목소리로 고마워, 데려다줘서, 역시 먼저 오길 잘했어!

서부 해안도로를 따라 세방낙조 전망대로 가는 여정은 편안하다.

길은 한산하고, 문명은 곡선을 직선으로 바둑판 같은 선으로, 구불구불한 논두렁길의 추억은 찾을 수 없네!

산성 표지판 앞에 주차장이 있지만 주차된 차가 없어 썰렁하다! '진남산성'을 지나면서 해안선이 나타나고, 도로는 바다를 만나면 벼랑으로 비켜서기를 반복하면서 전망대에 도착한다.

파도가 잠든 쪽빛의 바다, 풍광이 예술이다. 해는 저만치 서산으로 기울고, 물빛은 차츰 핏빛으로 변해가면서 장엄한 경관을 연출한다.

유유자적 하늘을 맴도는 갈매기가 여유롭고, 점으로 이어진

'양덕도'와 '주자도'의 발가락과 손가락을 닮은 거대한 바위는 석양빛을 온몸으로 받으면서 흡사 용이 승천하는 것 같고, 혈도, 가사도는 수면 위에 둥둥 떠다닌다.

누가 "걸음을 멈추어야 풍경이 보인다." 했다. 어둠 속으로 사위어 가는 장엄한 풍경, 마지막 햇살을 받은 헤라의 동그란 얼굴까지 빨갛게 물들면서 오늘 밤 만찬의 재물로 충분하겠다는, 내면에서 짐승의 본능이 굼틀거린다.

진도 쏠비치로 향하는 여정은 Procol Harum의 A whiter shade of pale와 동반한다. 가사가 전달하는 정확한 뜻도 모른채, 음악프로의 오프닝을 귀로 익혔고, 특히, 간주 부분이 감미롭다. 헤라가 알지도 못하면서 흥얼거린다고 조소 어린 눈빛으로 쳐다보지만 싫지만은 않은 것 같다!

프로방스는 프랑스 남동부의 지중해 해안선 지대와 인접한 내륙지역을 일컬으며, 쏠비치는 프랑스 알프코트 지방과 너무나 흡사하여 '여기도 한국이야!'라는 경탄과 함께 이국적 냄새가 물씬 풍기는 곳이다. 밤이 낮보다 아름답고, 눈에 담는 모든 것은 작품이다.

바다를 향하는 건물은 부드러운 베이지 색감으로 처리했고, 인피니트 풀은 바다에 바짝 붙여놓아 바다라는 착시현상을 일으킨다. 건물 전체는 바다 쪽으로 동선을 그리면서 길게 산책로를 만들어 바다 내음까지 명품의 향수로 발전시키는 지혜를 발휘했다. 라벤더 언덕을 오르면 홀로 소나무가 외롭고, 달님에게 일용할 양식을 구하려는지 토끼가 열심히 방아를 찍고 있네!

인피니트 풀에 몸을 담근 채 바다를 관조하고 싶지만, 헤라의 산처럼 부풀어 오른 배가 부담스럽다. 달빛과 별빛으로 사위를 대신하고 바다가 보이는 창에 기대서서 늑대의 눈빛으로 잘 차려진 재물에 음흉한 눈길로 바라본다. 잠시 눈을 붙인 후 여명에 깨어 바다로 나간다. 해무는 파도가 되어 밀려오고, 낮보다 밤이 아름다운 곳이지만 아침 안개를 헤집고 걷는 산책도 구름 위를 걷는 기분이다!

구불구불 해안선을 따라 돌던 차가 산길로 접어들면서 거대한 바위가 만든 동석산을 비켜 간다. 후박나무와 교목 활엽, 덩굴 식물인 마삭줄이 어우러진 점찰산은 난대원시림으로 전남의 걷고 싶은 길로 국가 지정 명승으로 한국인이 꼭 가보아야 할 관광 100선에 선정되었으며, 정상에는 과거 통신수단으로 사용되었던 봉수대가 있고 점찰산 끝자락에 운림산방을 숨겨 놓았다.

구름이 나뭇가지에 걸린다는 운림산방은 조선 후기 남화의 대가 소치 허련이 은둔하면서 그림을 그렸던 곳이다. 「스캔들」 등의 영화가 이곳을 배경으로 만들어졌다. 운림산방 내 연못 가운데 소치가 심었다는 백일홍 한그루가 있는데 수령으로 보아 시대적으로 맞지 않는 것 같다. 꽃이 100일이 붉다고 백일홍이라 부르는데 사실은 아랫단에서 윗단으로 꽃을 피워 시각적으로 100일 동안 꽃이 피는 것처럼 보일 뿐이며 배롱나무라 부르는 것이 옳다.

운림산방은 이고, 소치, 미산, 남농, 임전의 계보가 5대에 걸쳐 남화의 맥을 이어가고 있는 남종화의 본향이다.

품격 높은 그림을 그리기 위해 기술적인 연습과 수련을 중시하는 북종화는 짙은 채색과 꼼꼼한 필치로 대상의 외형 모사에 주력하면서 채색 위주로 발전하였다면, 남종화는 작자의 교양과 정신을 중시하는 경향을 띠고, 추상성이 강하게 나타난다. 수묵 선염 위주의 부드러운 느낌을 강조하는 화풍으로 수묵과 선염을 한 후 마르기 전에 수묵이나 채색을 가하여 표현 효과를 높이는 방법이다. 추사 김정희가 대표적 인물이고 소치는 추사의 직계다.

경쾌한 리듬의 진도아리랑과 눈과 입, 귀를 즐겁게 하는 명소들이 진도에는 너무나 많아 다음을 기약하고 아쉬운 발길을 돌린다.

어떤 책에서 저자가 누구인지 기억은 나지 않지만 이런 글을 읽은 적이 있다. '삶은 날마다 전쟁이며, 기본적으로 폭력을 동반한다!' 날마다 전투이고, 삶이 전쟁이라면 한 번쯤 멈추고, 다음 전투에서 승리하기 위해, 전쟁에서 이기기 위해 재충전의 시간은 누구에게나 필요하다. 자, 모든 것을 내려놓고, 전투가 아닌 전쟁에서 승리하기 위한 휴식으로 진도를 찾아보자!

· · ·

목적지 없는 여행길

우리 강진에 살자!

'주말에 어디라도 다녀오자?'

목적지도 없는 길을 가다 마음 머무는 곳에서 그냥 하룻밤 자고, 준비물은? 그냥 몸만 가는 거야. 목요일을 D-day로 잡은 후 소주 한잔하고 잠들었는데 깨어나니 5시가 조금 지나고 있다.

혜라는 벌써 여행에 필요한 짐을 싸고 있네! 아무런 준비도 말고 가볍게 가자.

전날 여행을 위해 타이어 공기압, 엔진오일 등을 체크해 두었다. 이번 여행은 목적지가 없고, 바람과 길을 따라 달리다 좋은 곳이 나타나면 그곳이 여행의 목적지다!

오월의 햇살은 싱그럽고, 바람 끝이 좋다! 일단은 남쪽으로, 중부내륙 고속국도를 달려 남해 고속국도로 방향을 바꾼다. 진주를 지나고, 경상도와 전라도가 만나는 섬진강 휴게소에 아침 겸 점심을 먹었다.

헤라가 좋아하는 재첩탕을 시킨 후 속내를 드러낸다! '미안!' 네 의사를 묻지 않고 일방적으로 목적지를 정해, 진심으로 헤라에게 미안했다! 늘 여행길에서 내가 결정하면 헤라가 동의하고, 헤라의 결정에 존중하여 내가 동의했는데, 이번만큼은 헤라의 동의도, 목적지도 없는 마음 가는 곳을 여행지로 잡았다.

길가에 파릇한 새순이 가볍게 바람에 흔들린다!

멀지 않은 곳에 무위사가 있다는 표지판에 눈에 들어온다. '어때, 절 좋아하지?' 항상 염주를 가방에 넣어 다니고, 일방적인 내 결정을 존중해 주는 헤라의 마음 씀씀이가 고마워 내키지 않은 절집에 갔다.

호남의 소금강이라는 월출산자락에 자리 잡은 무위사는 617년 신라 진평왕 때 원효대사가 세운 절로 단아한 자태의 극락보전이 아름답다. 극락보전은 국보 제13호로 지정되었고, 배흘림기둥의 정면 3칸 측면 3칸의 주심포계 맞배지붕의 단층 겹처마로 곡선이 유려하다.

헤라는 석고상처럼 오랫동안 법당에서 나오지 않아, 절 주변을 거닐면서 귀부도 만나고, '부처님께 뭘 빌었는데(말하고 싶은데 효험이 떨어져요.)' 바위를 쪼개 불상을 만든 후, 단을 만들어 돈을 버는 것도 모자라, 내 땅을 지나간다고 통행세를 받는 꼴을 더 이상 용납할 수가 없어 절집에 돈을 내지 않기로 마음속으로 맹세했는데, 헤라는 잘도 절집을 찾는다.

절집을 나와 부근에 있는 설록다원까지는 걸어서 10분 거리다. 보성의 대한 다원은 입장료를 받지만, 설록 다원은 무료이고 월출산을 배경으로 아름다우면서 시원스럽다! 설록차는 향이 강하단다.

녹차밭과 마주하니 문득 생각나는 노래가 있다!

"너는 그 봄날 언덕길을, 투명한 유리창 햇살 가득한 첫차를 타고, 초록의 그 봄날 언덕으로 가마!"

정태춘이 부른 「다시 첫차를 기다리며」라는 노래로, 음치라는 사실을 잊고 헤라 앞에서 불러 포인트를 쌓는다.

여행은 듣고, 눈에 담는 것이 전부가 아니고, 지역 특산물을 먹는 것으로 완성된다. 조선 시대 제주에서 실어 온 말을 이곳에서 내렸다 하여 마량이라는 지명을 얻었다. 강진만의 끝자락에 있는 마량의 '놀토 시장'이 열리면 버스킹 등의 공연을 하고, 특히 맛집이 많다고 소문난 남도의 미항이다.

바다가 보이는 창가에 앉아 지역 특산물을 주문하고, 음식이 나오기를 기다리는 동안 바다에 둥둥 떠 있는 까막섬을 만나자! 후박나무 등 120여 종의 난대림이 자리고, 천년기념물 제172호로 지정되어 있다. 슬픈 전설을 안고 있는 섬으로 숲이 너무 울창하여 한낮에도 어둡다고 까막섬이라 부른다.

"점심은 황제의 밥상처럼, 저녁은 거지의 밥상같이."라는 말은 건강을 중시하는 현대인의 삶에서 필요불가결이다. 향토 음식인 삼합으로 식사를 하면서 헤라에게 고마움을 느낀다.

아마 제주도에 가고 싶었을 것이다! 목적지가 없는 여행이라고 하는 순간부터 할 말도 참고, 묵언 수행하면서 이곳까지 따라왔다. 맛에 반한 것인지, 목적지 없는 여행도 괜찮다고 환한 미소를 짓는다.

소의 멍에를 닮았다고 가우도라 한다.

도암면을 잇는 망호 출렁다리(716m)와 대구면을 잇는 저두 출렁다리(438m), 저두 출렁다리를 건너 오른쪽 코스를 이용하면 무주탑 현수교를 만날 수 있다. 왜, 출렁다리가 필요할까! 짚트

랙이 있고, 정상에는 청자를 형상화한 탑이 주변 경관을 망치고 있다. 강진이 청자 도요지라는 사실은 전 국민이 알고 있다. 주변의 경관을 배반하고 가우도 정상에 세운 것은 '떡을 만든 후, 떡고물 챙기려는 저의가 숨겨져 있는 것이 아닐까!'를 의심하면서, 실망과 분노를 동시에 느낀다.

강진만 생태공원도 개발로 몸살을 앓고 있다!

도시를 떠나 산과 바다를 찾는 이유는 자연의 순수를 배우기 위함인데, 문명의 침투로 자연은 신음하고 있다. 광활한 습지는 나른한 봄날의 기운을 받아 초록으로 채우고, 순천만과 달리, 보호 난간이 없는 덱이 자연과 동화되어 풍경을 작품으로 승화시킨다! 멀리 보이는 백조의 조형물이 조금 불편하지만, 멀리 떨어진 외곽 한 귀퉁이에 자리 잡아 그나마 다행스럽다. 역설적이지만 헤라는 다양한 조형물을 만들었으면 좋겠다고 하네!

관광객을 유치하여 지방 재정을 확충하려는 지자체의 노력은 인정받아야 하지만 문명이라는 이름으로 훼손하는 자연은 오히려 관광객을 감소시키는 역효과를 가져올 수 있고, 지금 우리가 보고 즐기는 자연은 우리의 것이 아닌 미래 세대에게 빌려 쓰는 것으로, 온전히 보존하여야 할 의무가 있다.

낯선 땅에 둘만이 있으면 서로 의지하고, 사랑하고 싶다고 했는데, 자연이 만든 작품을 만나고, 반주를 곁들인 향토 음식의 포만감으로 꿈길을 걷네! 같은 방을 쓰면서 혼자인 듯한 기분, 헤라가 부럽다!

다산초당은 정약용이 신유사옥에 연루되어 유배 생활을 하던 중 목민심서와 실학을 집대성한 곳으로, 사적 제107호로 지정되어 있다. 다산이 유배 생활을 할 때 가장 많은 도움을 준 이는 초당에서 멀지 않은 곳에 있는 백련사의 혜장선사라는 분이다. 좋은 차를 구하게 되면 다산을 초대하여 함께 차를 마셨다는데 어떤 대화를 나누었을는지, '당파로 사화를 겪는 조정을 걱정하지 않았을까!'

초당으로 향하는 길목에 다산기념관이 있다.

자연을 역행하는 콘크리트 구조물, 탐욕의 다산을 보는 것 같고, 역사를 왜곡하는 것 같아 마음 아프다! 기념관 옆으로 난 황톳길을 맨발로 걸으면서 청자를 굽는 도요지가 가까운 곳에 있지 않을까! 점토가 맑고 붉어서 걷기도 편하다.

황톳길이 끝나면 소나무 숲길과 마주하는데 헤라는 벌써 숨이 차다고, 걷기를 거부하네! 또 혼자서 기다리는 것은 싫다고, 앞에서 당겨주고, 때론 뒤에서 밀며 힘겹게 초당에 도착했다.

지금 우리는 탐욕의 시대에 살고 있다. 다산의 청렴을 배우겠다고 힘겹게 오르는 비탈길은 고맙게도 소나무가 그늘을 만들어준다! 인간의 발길에 흙이 유실되면서 검붉은 뿌리를 드러내고 아파한다. 제 몸에 영양분을 공급하는 뿌리가 찢기고, 껍질이 벗겨져 죽어가는데 이기적인 인간들은 고상하게도 뿌리길로 명명하면서, 예쁘다고 사진도 찍고 참, 잘도 논다!

태초에 없던 길을 선조들이 만들면서 나무와 풀, 돌멩이조차 상하지 않게 조심스럽게 길을 내었다. 다산을 배우려고 이곳을 찾는 인간들은 참, 아름다운 길이라고 자신의 천박함을 광고하고 다닌다.

제 살을 도려내어 뼈가 보이고 피를 흘려도, 아름답다고 말할 수 있는지, 아프지 않은 손가락은 없다!

목적지 없는 여행길에 불평도 하지 않고, 힘든 오르막을 올라 다산을 만나고, 불평하면서도 끝까지 함께해 주었기에 고맙고 또 고맙다!

● ● ●

대구

1박 2일 대구 여행

대구 관광을 위해 기본적으로 볼거리와 먹거리 위주로 검색하면서 놀라운 사실을 발견했다! 어린 왕자가 찾은 지구의 한 점이 '대구가 아니었을까?'라는 생각이 미치면서 대구를 공부했다.

대구에는 왕 노릇을 한 사람이 살았고, 허영심 많은 사람과 술꾼이 지금도 많이 살고 있다. 특권에 젖은 독버섯 같은 인간과 허위 의식으로 독재정권에 협력한 다수의 정치인이 살았다는 증거도 많다. 가로등을 켜는 사람처럼 선량하게 사는 사람들은 더 많다!

역사의 변곡점마다 기름을 부어 보수의 심장이 되살리는 곳, 오랜 세월 혹세무민으로 정으로 깨어도 깨어지지 않는 반동의 역사를 만들어 내는 곳도 대구이고, 많은 사람이 모여 살면서도 외로운 곳이 대구가 아닐까 싶다.

모처럼의 기회를 자연과 합일하고 싶었는데 이번만큼은 대구를 여행하고 싶다는 헤라의 간절함과 좀 더 편안한 일상을 위해서 '보험이라도 들어 두자.'라는 생각과 운전을 하지 않아 좋다는 이해가 맞물리면서 동대구에 입성했다.

대구에 뭔 관광지가 있다고, 볼거리도 없고 마땅히 소개할 곳도 없소! 바다도, 유명한 산도 없는데 부산이나 가까운 경주에나 가보소! 동대구역에서 만난 택시기사님은 투박한 경상도 사투리로 대구에는 볼거리가 없다고 단정하고 다른 지역으로 방문할 것을 권장한다.

오랫동안 손님을 기다렸는데 장거리도 아니고, 시내에 간다고 하니 짜증이 나고, 그렇다고 승차 거부로 고발하면 불이익을 받을 수 있으니 승차 거부를 관광지가 없는 것으로 에둘러 표현한 것이리라!

급실망하는 혜라의 어두워진 표정을 살피면서 동대구 지하철역으로 발길을 돌린다. 방금 지하철은 어디론지 바쁘게 지나가고, 뒤따라오는 지하철에 몸을 실으니 앞차를 따라 출발한다. 아무리 바쁘게 살아도 늘 제자리인데, 사람들은 무얼 그렇게 바쁘게 살아가는지, 앞서간 차가 반대 방향에서 달려오는 것을 보고 다시 한번 어린 왕자가 찾은 지구가 대구라는 사실을 확인한다.

서울이나 부산보다 대구의 지하철은 깨끗하고, 서울에서 상상도 할 수 없는 빈자리가 듬성듬성 있다. 대구의 심장이라는 반월당역에서 내려 곧바로 2호선으로 갈아타고 한 정거장 지나 경대병원역에 내렸다.

철저한 자본주의 국가인 미국과 일본에 비하면 우리나라는 의료보험, 버스와 지하철의 연계한 단일 요금제 등으로 사회주의 시스템을 일부 차용하고 있어 여행자의 입장에 고맙고 또 고맙다.

'명동 같아!' 80년대 이후 중국과 국교를 정상화하는 서진 정책으로 대구는 인천광역시에 밀렸지만, 한때는 우리나라 3대 도시가 대구이고, 반월당역은 대구의 심장이다.

길치인 헤라를 놓칠세라 나이에 어울리지 않게 손을 잡고, 대구여행의 시작점인 김광석 거리를 찾았다. 대구 도심을 통과하는 신천변의 좁은 골목길에서 김광석이 초등학교 5학년까지 살았다는 이유로 김광석 길로 명명하고 좁은 골목길이 이어진다. '뭐 이래 별로 볼 것이 없잖아.' 길게 이어진 한쪽 벽면은 김광석이 즐겨 불렀던 노랫말이 어지럽게 나열되어 있고, 뽑기, 달고나 등 추억을 소환하는 가계들이 옹기종기 모여 여행자를 유혹하고, 김광석을 닮은 동상은 가을빛을 받아 혼자 외롭다!

'이게 전부야, 별로 볼 것이 없어! 유달리 김광석을 좋아했던 헤라인지라 노랫말과 뽑기, 달고나 등 추억을 소환하는 잡동사니 가계가 실망스러웠으리라!

발길을 돌려 청춘들의 핫플레이스로 떠오른 통신 골목 뒤편의 삼덕 사잇길을 만난다. 좁은 골목길은 마이클 잭슨, 미키 마우스 등의 유명 캐릭터가 일정 간격으로 세워져 있고, 볼거리보다는 낯선 도시의 청춘들과 같은 공기를 마시며 걷는 것만으로 즐겁고 행복하다!

대구 여행을 하면서 테마가 근대 문화유산이라면 승용차보다 대중교통이 훨씬 편리하다. 특히 해방 전후의 골목길과 근현대사가 일정반경 안에 배치되어 있다. 뚜벅이 여행으로 최적화된 여행지가 대구다.

선비들이 과거시험을 보기 위해 걸었던 영남대로는 희미한 전설로만 남아 세월의 무상함을 느끼게 하고, 영욕의 근현대사를 목도 한 미도다방은 어르신의 사랑방 역할과 감성을 찾는 젊은 이의 핫플레이스로 굳건히 역사를 지켜보고 있다. 영남대로와 진골목을 사이에 두고 우리나라 최대의 한약상들이 밀집해 있는 한약방 거리는 약향으로 머리가 맑아진다.

지금은 한방보다 양방이 대세를 이루지만 '우리 몸에는 우리 것이 좋다.'라는 명제 아래 나이 지긋한 어르신들의 발걸음이 분주하고, 약령시장 끝자락에는 「빼앗긴 들에도 봄은 오는가」라는 저항시를 발표하여 민족혼을 일깨운 저항시인 이상화 고택과 금연으로 국채를 갚자는 국채보상운동의 주역 서상돈의 고택이 지척에 자리 잡고 있다.

　"빼앗긴 들에도 봄은 오는가!"라는 시문을 읽는 헤라의 눈길은 촉촉이 젖어 학창 시절을 소환하고, 그저 지켜보기만 할 뿐이다.

　교사를 그만두고, 일왕에게 충성을 서약하는 혈서까지 쓰고, 군사 정변과 유신으로 종신대통령을 꿈꾸다 부하에 총알에 맞아 죽은 박정희, 강제징집에서 탈출하여 독립운동을 하다 민주화운동 도중 의문사한 장준하를 이곳에서 찾는다. 누구는 개인의 야욕을 위해 일제에 협력했고, 누구는 조국 독립과 이 땅의 민주화를 위해 일생을 바쳤는데도 친일 부역 세력의 역사 왜곡은 아직도 진행형이다.

　'선생은 피가 뜨거웠을까!' 당대의 지식인으로 일본에 협조보다는 저항을 선택한 선생의 생전 모습은 가슴을 먹먹하게 만들고, 바로 옆에 있는 서상돈 고택으로 발길을 옮긴다. 선생은 일본에 빚이 많아 국권을 상실할 우려가 있으니 '금연으로 나라의 빚을 갚자는 국채보상운동을 펼치셨고, 고택에는 국채 보상과 관련된 기록물이 전시된 유물관이 있다.

처연한 분노보다 슬픔을 느낀다! 선생의 고택에서 1분 거리에 계산성당이 자리 잡고 있다.

"참 예쁘다!"라는 탄성이 헤라의 입에서 새어 나오는 계산성당은 우리나라에서 세 번째로 세워진 로마네스코와 혼합된 고딕양식의 건축물로 헤라의 말처럼 참, 예쁜 건축물이다. 대구의 문화 사적 제290호로, 대구 최초의 서양식 건물이다. 성당이나 교회는 일반적으로 하느님과 가깝고, 주변의 경관을 조망할 수 있는 언덕 위에 세워져 있는데 이곳 성당은 청라언덕과 경계를 이루면서도 언덕을 배제하고 평지에 성당이 세운 것은 좀 더 민중에게 다가서려는 배려가 아닐는지, "다리도 아픈데 좀 쉬었다 가자?"

혜라의 제안에 다리쉼을 하면서 바라보는 성당은 아름답고, 참 편안해 보인다!

계산성당에서 도로를 건너면 청라언덕이다.

일제강점기에 언덕을 오르는 90개의 계단을 만들었고, 우리 선조들은 망국의 한을 씻기 위해 그 길에서 독립 만세를 외쳤다. 기회주의적인 지식인은 일제에 협력하고, 고단한 삶을 사는 민중은 독립운동을 했다.

선교사의 집으로 불리는 청라언덕 위 빨간 벽돌집은 가을이면 담쟁이덩굴이 운치를 더해 드라마의 촬영장소로, 내부에는 옛날 의료기가 전시되어 있는데 투박한 기기들이 섬뜩함을 느끼게 한다.

이상화와 서상돈의 고택, 계산성당, 90계단과 미국 선교사가 지은 붉은 벽돌집 등 유무형의 역사가 청라언덕 주변에 혼재되어 있어 눈이 호사를 누린다.

역사를 기억하지 못하는 민족에게 미래가 없다고 했는데

이렇게 유형으로 남아 역사를 마주하는 문화유산이 미안하고 고맙다.

청라언덕에서 서문시장까지는 약 400m다. '우리 시장에서 뭘 좀 먹을까?' 식탐이 많은 헤라가 배시시 웃으면 o.k 사인을 보낸다.

한강 이남에서 가장 크다는 서문시장은 볼거리와 먹거리의 천국이다. 만두와 순대, 보리밥과 국수 등을 파는 가게가 동선을 따라 일렬로 마주하고 있어 입맛에 따라 다양한 음식을 저렴한 가격에 맛볼 수 있다. 의류와 신발 등으로 특화되어 쇼핑하기에 편리한 구조지만 전통시장의 고질적인 주차 문제가 부담인지 신세대보다 노년층이 주류를 이루고, 경상도의 투박한 사투리 '어서 오이소~.'가 정겹다.

서문시장 끝자락 큰장네거리에서 500m 거리에 사적 62호로 지정된 달성공원이 있다. 청년에게 길을 물으니 손가락으로 방향을 제시하면서 저쪽으로 조금만 가면 입구가 있다고 친절하게 알려준다. 공원으로 가는 길은 점집과 뱀탕집 등 혐오감이 느껴지는 상점들이 즐비하다.

삼한시대에 축조된 토성은 조선시대는 대구관아, 식민 통치하에서는 신사를 만들어 강제 참배를 강요했으나 해방과 동시에 철거되었고, 지금은 동물원으로 활용하고 있는데 사적지를 동물원으로 활용하는 대구시의 발상은 국보급이다.

'어떤 동물도 인간에게 학대받을 권리가 없다!' 달성공원의 동물들은 비좁은 우리에서 고통받으면서 죽임을 기다린다! 아프리카 밀림과 넓은 초원에서 자유롭게 살아야 할 사자와 호랑이 등 100여 종의 동물들은 더럽고 지독한 악취 속에서 죽을 자유조차 박탈당한 채 방치에 가깝다. '지구 상에 동물이 사라지면 다음은 인간이다.'라는 명제가 공허하게 느껴지는 동물학대 현장은 보는 것조차 역겹고 불편하다. 동물학대 명소로 기네스북에 등재되어도 별 이상하지 않은 풍경, 갑자기 영혼이 피곤해진다!

문인의 고택과 청라언덕 등 근현대사를 따라 걷는 즐거움이 달성공원에서 만난 동물들로 불편하여 하루 일정을 정리하고 맛집 탐방에 나선다.

'대구 막창은 맛이 예술이란다.'

남도의 정갈한 맛, 충청도의 담백함에 비해 경상도 음식은 투박하다지만 막창만큼은 예술이란다. 대구의 유명한 먹거리로는 들안길, 안지랑 곱창골목, 신암동 똥집골목 등이 유명하지만, 대구는 역시 막창이고, 동촌유원지의 막창 마루는 청춘들의 메카로 상상만으로 즐거움을 선사한다!

음식에서 예술의 향기를 느낀다는 지역민의 자부심이 결코 허언이 아니라는 사실을 맛을 보고 인정할 수밖에 없네!

맛으로 예술을 느끼는 특별한 감정은 막창 말고는 또 무엇이 있을지 궁금하다. 막창 마루에서 내려다본 무심한 금호강은 네온에 젖어 유유자적 흐르고, 막창을 안주로 술잔을 비우는 여인은 맞은편에서 행복에 젖는다.

동촌 유원지는 식당과 유흥업소가 밀집되어 있고, 연인들이 사랑을 나누는 M/T와 호텔이 군락을 이루는 조금은 이상한 공간이지만 잠자리만큼은 오성급 호텔을 능가한다. 술기운 탓인지, 조금은 이상한 공간에서 잠을 잔 것은 틀림이 없는데 아침에 깨어나니 또 다른 세상이 펼쳐진다. 물안개가 몽글몽글 피어나는 금호강과 팔공산은 아침 햇살을 받아 몽환적인 분위기를 연출하네!

첫째 날은 근현대사를 따라 걷는 도심 투어를, 둘째 날은 도심에서 약간 떨어진 불로동 고분군과 팔공산으로 일정을 잡았다.

호텔에서 제공하는 빵과 우유로 조촐한 식사를 한 후, 버스를 이용 불로전통시장에서 내렸다.

5일과 10일에 장이 서는 불로전통시장은 화려하지는 않지만 다양한 볼거리가 있고, 어르신들은 물건값 흥정으로 시장에 활기를 불어넣는다.

시장이 끝나는 지점에 고분군으로 가는 길이 있다.

불로 고분군은 5세기 전후 축조된 지방 토호 세력의 집단 무덤으로 211기의 무덤이 높지 않은 구릉지에 분포되어 있어, '지배계급이 피지배계급의 노동력을 착취하여 만들지 않았을까?'라는 추론이 가능하다. 유순한 구릉지를 따라 길을 잡으면 타임머신을 타고 천년세월 이전으로 시간은 돌아간다. 크기가 다른 211기의 고분은 지위와 관련이 있는지 조망이 뛰어난 자리에는 봉분이 높고, 크기를 압도한다. 사적지를 보호하고, 여행자를 배려하여 고분 사이로 깔아놓은 포석이 불편하고 홀로 선 소나무가 외롭다.

대구국제공항이 한눈에 내려다보이는 고분군은 어둠이 내리는 저녁 무렵이나, 대구 시내가 한눈에 조망되는 밤이 더욱 아름답다. 천연기념물 제1호인 측백 수림이 지척에 있으나 팔공산으로 발길을 돌린다.

팔공산의 가을은 예쁘다.

전국 단풍 명소인 내장사와 백양사의 현란한 단풍과 어깨를 나란히 할 만큼 공산 터널에서 팔공산 순환도로로 이어지는 단풍 길은 전국에서 유일한 대중교통으로도 가을을 만끽할 수 있다.

'무엇을 자랑하지 못하는 대구 특유의 정서일까!'

공산 터널을 지나면 괴산의 '문광저수지'보다 아름다운 4km의 은행나무가 황금 터널을 만들고, 은행나무길 끝에서 시작하는 팔공산 순환도로의 아기단풍은 현란하다! 걷지 않고, 차를 타고 볼 수 있는 단풍 터널은 세상 어디에도 없는, 오로지 팔공산에서 볼 수 있다! 단풍의 유혹에 빠져 차는 속도를 내지 못하고, 일부 관광객은 아예 차에 내려서 걷는다.

대구의 진산인 팔공산은 불교문화의 중심지로 동화사, 부인사 파계사 등 숱한 사찰을 품고 있다. 동양 최대의 불상과 한 번의 소원은 반드시 들어준다는 갓바위가 팔공산이 불교의 성지임을 알려준다.

정으로 바위를 쪼아 만든 불상이 어떻게 소원을 들어주는지,

불상 앞에 엎드려 108배를 하는 모습에서 측은지심을 느낀다. 만 65세 이상이면 고궁과 지하철 이용은 무료라는 불문율이 있는데 절집만큼은 만 70세로 올려 방문객에게 돈을 받는다. 부처의 가르침이 그러했는지, 부처가 없는 절집에는 탐욕이 하늘을 찌르고 있다.

주말이면 팔공산 순환도로를 오가는 버스를 증편하여 대중교통을 이용한 관광도 가능하게 만들었다. 노태우 전 대통령의 생가, 방짜유기박물관 등 숱한 볼거리가 팔공산 순환도로를 중심으로 산재해 있어 버스와 뚜벅이 여행의 천국이지만 홍보가 부족했는지, 대구라는 배타성 때문인지 구분이 모호하다!

스카이라인을 타고 팔공산 정상을 조망해 보자.

팔공산 스카이라인을 이용하여 신림봉에 서면 팔공산계의 마루금이 광활하게 펼쳐진다. 포곡식 산성으로 유명한 가산산성, 마루금의 부드러운 곡선과 장엄한 산계가 환성산을 지나 초례봉까지 이어진다. 등을 돌리면 대구 도심의 전경이 한눈에 볼 수 있는 팔공산 조망을 끝으로 헤라를 동행한 1박 2일의 뚜벅이의 여행을 마친다.

대구의 1박 2일은 시작점에 불과하다.

대중교통으로 가능한 일정을 잡다 보니 중구와 동구를 선택했을 분, 진정한 대구 여행은 자동차를 이용한 봄과 가을에서 만나는 2박 3일의 일정이 필요하다.

전국 최대 규모로 온통 산을 선홍빛으로 물들이는 비슬산 참꽃축제는 봄에 만날 수 있고, 한 그루의 나무를 렌즈에 담기 위해 전국의 사진작가들은 가을이면 도동서원을 찾는다. 수령 500년의 누운 은행나무를 만나는 일정은 하루를 즐겁게 만들고, 사문진 나루터와 옥연지, 청춘이라면 수성못의 카페거리, e-월드를 즐기는 것만으로도 하루가 짧다.

어린 왕자는 지구를 떠났고, 다시 지구를 방문하게 된다면 틀림없이 대구로 올 것이다. 어린 왕자가 말했다. 소중한 것은 내

주변에 있고, 정말 아름다운 것은 마음으로 보아야 한다고, 혼자 살아갈 수 없는 인간은 매일매일 관계를 맺고, 선택하면서 살아간다.

북에서 흘러온 낙동강은 대구를 돌아 나가고, 한국전쟁에서 낙동강 방어선을 사수하였기에 지금의 대한민국이 존재한다. 대한민국을 지켰다는 자부심이 지금의 대구를 보수의 심장을 만들어 놓았는지도 모르고, 특히 금호강과 낙동강에는 학이 많이 서식한다.

낙동강 전투에서 산화한 남북한 청춘들의 넋이 고향으로 돌아가지 못하고 학이 되어 이 산하를 떠도는 것이 아닐는지, 관광과 문학. 근대로의 여행은 대구가 전국 최적이 아닐까 싶다.

편견을 버리고, 있는 그대로 대구를 사랑해 보자!

가야산

가야산 둘레길과 만물상

누구 말했는지 모르지만, 정말 소중하고 아름다운 것은 가장 가까운 곳에 있다고 말했다.

누구에게나 똑같은 하루가 어떻게 이용할 것인가에 따라 하루의 가치가 달라진다고 했는데 '방구석을 뒹굴면서 TV를 볼 것인가, 여행을 떠날 것인가!'라는 선택의 결정권은 아쉽게도 헤라에게 있다.

'빨리 준비해?' 1박 2일로 등산을 겸해 온천에라도 다녀오자는 지시인지, 동의를 구하는 것인지, 선택의 자유가 없다면 그녀의 요구를 선선히 들어주자!

전투에서 지더라도 전쟁에서 이기면 승리하는 것이다.

부부란 늘 소모적인 전투를 하다 휴전협정을 맺은 후 평화를 유지하고, 어느 일방의 도발로 전투가 벌어지는 전쟁 속에서 살고 있다. 소소한 것은 양보한 후 더 큰 것을 얻어내는 전술이 유리하다는 것을 선배들의 조언과 경험법칙을 통하여 체득했기에 말없이 배낭을 챙겼다.

니콘 카메라와 캐논 카메라, 삼각대를 챙겨 뒷좌석에 실었고, 목적지는 가까운 가야산 둘레길 일부와 온천, 다음날 가야산 등산이라는 일방적인 혜라의 결정을 통보받고, 애마를 출발시켰다.

달빛 고속국도를 이용하여 고령에서 내린 후 시골길로 접어들자 목가적인 풍경이 나타나고, 혜라가 준비한 감미로운 음악이 동행한다! 대가천의 맑은 물은 회연서원을 감싸고 있는 봉비암을 돌아 흘러가고, 물속에서 다슬기를 잡은 사람들이 여럿 보인다.

나들이를 와서 우연히 다슬기를 발견하고 잡는 것인지, 다슬기를 목적으로 이곳에 왔는지 알 수 없으나 반딧불이의 먹이인 다슬기가 인간의 탐욕으로 죽어간다는 사실이 불편하다.

물을 낮은 곳으로 향한다!

막히면 채우고 채우면 넘치는, 낮은 곳으로 흐르는 물에서 배움을 얻어야 하는데, 오만과 탐욕의 인간들은 자연의 순리를 역행하면서 혈연, 학연 등 다양한 방법을 통하여 오로지 높은 곳으로만 기어오르는 더러운 습성을 가진 동물들은 절대 자연을 가만히 두지 않는다.

여름의 초입에선 자연은 푸르름을 더해 짙은 감청색으로 옷을 갈아입고, 구름 한 점 없는 하늘을 청아하다.

뱀처럼 구불구불한 산길마저 문명의 혜택을 받아, 시멘트로 포장되었고, 오래전에 이곳을 떠났다는 표식처럼 허물어진 폐가가 자연으로 돌아갈 준비를 하고 있다. 아이들이 떠난 폐교에는 자물쇠가 굳게 채워져 녹슬고, 운동장은 잡초가 무성하다. 산자락에 매달려 순하게 살아가는 사람들은 길이 넓어지고 포장이 되면서 땅은 외지인의 소유로 넘어갔는지, 사람의 그림자를 찾기도 힘들다.

 폭포가 비경이라는 정보에 근거하여 폭포를 찾았지만, 자연은 어디에 폭포를 감춰놓았는지, 우연히 마주친 다른 여행자에게 물어보았지만 모른다고 한다. 목적지를 잃고, 가야 할 곳이 없어진 방랑자의 신세가 되어 그늘이 있는 바위에 몸을 맡긴다.

 '어떡하지, 폭포는 못 찾을 것 같네! 다음에 좀 더 정확한 정보를 가지고 다시 오던지, 오늘은 그냥 걷기만 하자. 결정이 빠른 헤라의 선택에 동조하면서 가야산 둘레길을 걷는다.

 길에는 풀이 무성하게 자라 발목을 감는다. 나훈아가 불렀던가! 잡초라는 가요가 있는데 내가 알지 못한다고 함부로 잡초라고 부르는 것은 잘못이다! 신계리에서 봉양리로 가면서 사람은 만나지 못해 헤라와 단둘이 세상 속에 버려진 것 같다. 한 시간을 걸었을까! 물 떨어지는 소리가 들린다. 혹시 우리가 찾았던 그 폭포가 아닐까! 자그마한 폭포를 마주했지만, 우리가 찾던 폭포는 아닌 것이 분명하다.

닭을 쫓다 봉황을 잡은 기분일까! 잠시 쉬어가기로 한다.

오랜 세월 자연이 빚은 조그마한 폭포는 물이 수정처럼 맑고 차다. 아무도 없는데 시원하게 목욕이라도 하자? 주저하는 헤라를 외면하고, 풍덩 물속으로 뛰어들었다. 헤라도 더 이상 더위를 참지 못하고 옷을 입은 채 물속으로 뛰어들고, 더위를 식힌 후, 시원한 맥주 한잔을 하고, 폭포를 배경으로 나신을 앵글에 담는다. 빛이 렌즈를 통과하는 회절이 염려되지만, 어디에 보낼 작품도 아니기에 연신 셔터를 누른다.

반라의 헤라의 작은 몸뚱이도 렌즈에 담아 보지만 볼록한 아랫배와 밋밋한 허리의 곡선이 걱정스럽다!

가야산 둘레길 종주가 일정이 아니기에 왔던 길로 돌아가야

한다. 물놀이로 긴 시간을 보냈고, 해는 서편 하늘에 걸렸다. 더 늦기 전에 돌아가야 하기에 주섬주섬 짐을 챙겨 차를 세워둔 장소로 돌아오니 산 그림자가 길게 누워있다.

예약해 둔 백운동 가야산 국민관광호텔로 방향으로 애마는 달린다. 최근 특정한 관심이나 활동을 공유하는 사람들 사이의 관계망인 SNS에서 맛집으로 유명한 '돌물레 민속식당'을 찾아 저녁을 해결하기로 하고 네비게이션에 주소를 입력한다.

소담한 분위기의 식당이다! 범상치 않은 여사장의 안내를 받아 자리를 잡은 후 돌솥밥을 주문한다. 시인처럼 단정한 계량 한복을 입은 여사장의 자태와 딱 맞는 글귀가 벽면 한쪽을 차지하고 있다. 바다를 배경으로 한 액자에는, "큰 슬픔이 밀려와 마음을 흔들고, 소중한 것들을 쓸어가 버릴 때면 그대 가슴에 대고 말하리라. 이것 또한 지나가리니…" 어디서 읽은, '기억의 착오' 없이 정확히 생각해 낸다. 필서는 못했지만 그래도 두 번을 읽었고, 한 번은 밑줄까지 치면 읽었던 "이 또 한 지나가리니."를 창작인지 표절인지 모호할 정도로 이것 또한 이라고, 살짝 비틀어 적어 두었다. 두 번이나 성경을 탐독했지만 기억나는 구절은 "이 또한 지나가리니."와 "내일 걱정을 오늘 걱정하지 마라."라는 구절이다. 식당은 나서면서 환경과 기분이 입맛을 살린다고 했는데 생각 이상으로 맛이 좋다.

백운동 코스를 이용하여 가야산을 탐방하려면 유일한 숙박시설이 가야산 호텔이고, 종교단체에서 운영하는 시설물 같은 느낌이 드나 조망권은 압권이다. 멀리 대구의 불빛이 아련하게 보이고, 달빛이 스며들어 희미하게 어둠을 밝힌다.

원하지 않는 Mood와 샤워 물소리에 소름이 돋는다. 아무래도 오늘 밤은 무사히 넘기기 힘들 것 같고, 무한 봉사를 한 후 겨우 잠을 잘 수가 있었다. 어둠을 밝히는 여명, 산허리를 둘러싼 새벽안개는 조금씩 산 위로 밀려 올라간다. 간밤 봉사의 대가로 얻은 피로를 풀기 위해 온천탕에 가니 아무도 없는 전용이다.

온천이라 하지만 일반대중탕과 같다.

온천의 수온이 얼마나 되는지, 물을 데우지 않는지, 아무런 설명도 없다. 우리나라에는 600여 개의 온천이 있고, 경남 창녕의 부곡온천이 수온 78도로 가장 높은데 이곳의 수온은 몇 도나 될까? 온도가 25도 이상이고, 유황 등 특정 성분만 검출되면 온천허가를 내주는 것은 온천을 모독하는 심각한 문제다. 일본의 평균 온천수는 80도를 넘는다고 하고, 전문가는 지하 100m를 파면 25도 정도의 물이 나온다고 하니 온천이라는 쓰고 대중목욕탕으로 읽는 것이 정답인 것 같다.

가야산 정상 등정을 목표로 산행을 시작했다. 편한 용기골과 험한 만물상 코스 중 선택은 헤라의 몫으로 만물상 코스로 첫발을 내민다. '오늘 죽었다!' 시작점부터 급경사이고, 끝나지 않을 것 같은 오르막을 기어서 올랐다.

심장 쉼터를 만나 휴식을 취했다. 심장에 무리가 가지 않도록 쉬어 가라는 취지는 동감하지만, 단어가 왠지 낯설게 느껴진다. 한 고개를 겨우 넘으면 다음 고개가 발목을 잡지만 풍광만큼은 일품이다! '아! 이래서 산을 찾는구나!' 만개의 형상이 있어 만물상이라는 명성답게 '천태만상'의 바위가 제각각 모양으로 위용을 자랑한다.

'참, 힘들다! 좀 쉬었다 가자?' 헤라가 배낭을 내려놓으면서 눈을 흘긴다! 크고 작은 몇 개의 봉우리를 지나 겨우 서장대로 불리는 상아덤에 도착했다. 천신과 산신이 만나 밀어를 나눈 전설을 간직한 곳으로 지척에 연꽃을 닮은 가야산 정상부가 한눈에 조망되고, 대구의 팔공산과 저 멀리 지리산까지 실루엣으로 조망된다.

40년 가까이 탐방 금지 구역으로 지정되어 신비감을 더해 온 만물상을 탐욕의 인간은 절대 가만두지 않는다. 세금으로 계단을 만들어 자연을 훼손하고, 인간들은 그 길 위를 걷는다. 모든 생명체는 아픔을 느낀다고 했고, 사유를 확장하면 돌과 풀도 아픔을 느낀다고 했다.

상아덤을 거쳐 만물상 코스와 용기골 코스가 만나는 서성재에 도착했다. 가야산 정상까지는 1.2km 남았다.

정상으로 갈 것인지, 용기골로 하산할 것인지, 헤라에게 하산 길을 선택하자고 논리적으로 접근해 본다. 산은 늘 그 자리에 있고, 오늘 정상에 오르면 다음에 올 수 없으니 1.2km의 정상부는 이쯤에서 남겨두고 하산한 후 다음에 오면 어떠냐고, 논리에 기가 막혔는지 헤라가 동의하여 용기골로 하산하여 정상은 다음 기회로 미루고 1박 2일의 여정을 마감한다.

Part B

유배지에서 思惟하다

• • •

불교

부처님의 침묵

한국불교는 372년(소수림왕 2년) 전진의 왕 부견이 승려 순도를 시켜 경전과 불상을 전한 것이 기원이다.

불교는 무속적 신앙숭배와 달리 뚜렷하게 형상화된 불상과 철학적 사상을 담은 경전과 계율을 근거로 한 윤리관으로 민중 속으로 급속하게 전파했다.

고려의 승려는 외교문서 작성 등으로 왕을 보좌하면서 왕권을 강화하는 기틀을 마련해 주었고, 삼국시대에 불교를 가장 늦게 받아들인 신라는 불교를 통치 기반으로 삼으려는 왕권과 귀족이 대립으로 이차돈이 순교하였으며, 법흥왕은 불교를 통치 이념으로 삼국을 통일하는 대업과 찬란한 불교문화를 꽃피웠다.

왕족 출신으로 철학가인 의상은 부석사 등 전국에 수많은 사찰을 세웠고, 원효는 선과 악도 마음에서 발생하며 마음 외에는 어느 것도 존재할 수 없고, 오로지 마음의 작용으로 모든 것이 이루어진다는 일체유심조(一切唯心造)라는 철학적 사유로 이론적 바탕을 제공했다.

고려를 건국한 왕건은 독실한 불교 신자로 불교에서 파생한 풍수지리설에 따른 전국에 많은 절을 지었고, 특히 훈요십조는 불교와 왕실이 불가분의 관계를 맺으면서 왕사 또는 국사로 승려를 정치에 입문시켜 불교를 국가의 정신적 지주로 활용하였으나, 도덕적으로 부패시켰다.

조선 시대에는 유교를 이념으로 신문학을 숭상하는 신진사대부가 정치의 전면에 등장하면서 불교를 배척하였으나 임란의 발생과 승병의 구국 활동 참여를 계기로 탄압이 완화되었고, 일제 강점기는 조선총독부가 관리하는 사찰령의 통제를 받았으나, 역설적으로 불교에 대한 탄압적 조치가 폐지됨으로 불교는 부흥의 기틀을 마련했다.

유일신을 주장하는 기독교 등 타 종교와 달리 불교는 칠성각 산신각 등의 형태로 민간신앙인 샤머니즘을 불교에 흡수하였고, 특히 고려와 신라의 불교는 왕권에 버금가는 세도를 누리기도 했다.

배불 정책을 시행한 조선에서는 궁성 출입이 제한되는 등으로 정부의 탄압이 심해지자 시주와 탁발 등으로 생계를 유지하였으나 임란을 계기로 호국불교의 성격을 띠면서 민족 신앙의 토대로 자리 잡았다.

1948년 대한민국 정부가 수립되면서 헌법전문에 종교의 자유가 보장되었고, 전 국토의 70%가 산지로 형성되어 있는 한반도의 지형 특성과 조선 시대의 배불 정책으로 산으로 쫓겨난 승려들은 독재정권에 협력하면서, 문화제보호법과 정부의 지원으로 하나의 직업군으로 등장했다.

현대 불교는 '토지 특별조치법'과 '문화재 관람 징수법' 등 합법적으로 부를 축적할 수 있는 토대를 정부가 마련해 주자 절 주변의 땅을 절의 재산으로 귀속시키는 편법과 불교의 상징물인 탑, 불상 사찰 등이 문화재로 등록되면서 중들은 합법적인 수단으로 재화를 축적했다.

조직 폭력배로 쓰고 불교로 읽는다!
자연경관이 아름답다고 이름난 산 진입로에 통행세를 받는 Box 세워 입장료와 주차료를 받는 등 합법을 가장한 불법으로 국민의 주머니를 강탈하는 만행을 저지르고 있다.
전남 구례에서 노고단으로 오르는 고갯길에서 왼쪽으로 1km 정도 떨어진 곳에 천은사가 있다.

통행세와 문화재 관람료를 받고 싶으면 사찰 입구에 문화재 관람료 BOX를 설치하여야 함에도 도로가 절의 사유지 내에 있다고 노고단을 오르는 길목에 통행료를 징수한다.

"통행료 징수는 불법이다."라는 대법원판결까지 부정하면서 금품을 강탈해도 정부와 지자체는 팔짱만 낀 채 방관 또는 묵인하다 문화재청과 지자제의 지원으로 지금은 받지 않는다.

설악산의 신흥사. 오대산의 월정사, 속리산의 법주사, 가야산의 해인사 등 명산에는 절집이 있고, 어김없이 통행료를 징수한다. 해인사의 경우는 절에서 4km 이상 떨어진 대중교통이 운행하는 도로에 통행료 징수 BOX를 만들어 해인사 인근 식당에서 밥 먹는 것조차 통행세를 내는 정글의 시간이 시정되지 않아, 산꾼들에게 절은 산채로 산적의 다른 이름이다.

얼마 전 TV에서 이상한 변호사 '우영우'는 제주도로 설정해 놓았지만, 지리산 천은사가 분명하다. 가관인 것은 통행세 징수가 불법이라는 사실을 인식하고도 문제를 제기하면 "일단 통행세를

내고 소송을 통하여 반환받으면 된다.”라는 회유까지 하는데 ‘배꼽이 배보다 큰 소송을 누가 하겠는가!’

우리나라의 등산 인구는 약 500만 명으로 등산의 가장 암적인 존재가 불교라는 이익단체다.

필요에 따라 문화재 관람료를 징수할 수는 있으나 절차와 방법이 합법적이어야 하고, 국민이 납득하여야 한다. 단지 문화재를 스쳐 지나간다는 이유로 통행세를 징수하는 불교의 폭력은 비난받아야 한다.

조폭도 길가는 행인을 상대로 금품을 강탈하지 않고 나이트클럽 등 유흥업소 보호 명목으로 일정액의 요금을 징수하는 불법을 자행하고 있을 뿐이다.

불교라는 종교단체는 합법을 가장한 불법을 하여도 극히 일부를 제외하고는 지금까지 당연하게 받아들이고 있으며, 얼마 전까지 현금으로 징수하던 통행세가 최근에는 카드 결제도 가능하다.

수많은 불상과 불교 유산을 간직하고 있는 경주 남산의 온전한 불상은 얼마나 될까! 몸통과 머리가 없고, 단양의 4.6m 석조여래입상은 목이 잘려 흉물스럽게 방치되어 있다.

산중에 구중궁궐을 짓고, 동양 최대의 불상을 만들고, 벤츠를 타는 중씨를 보면서 한국불교의 타락을 보는 것 같다. 간절하게 기도하면 반드시 한가지 소원을 이루어 준다는 갓바위, 금산의 보리암 등 전국에는 수많은 기도처가 있고, 승진 또는 입학을 기원하는 사람들로 절집은 문전성시를 이루고 있다.

불교의 기본 이념은 자비이다.

기도로 모든 것을 얻을 수 있다는 혹세무민과 중씨들의 교언영색이 한 가지 소원은 반드시 이루어진다는 믿음을 만들면서 지금 불교는 타락의 늪에서 허우적거린다.

기도로서 이루어지는 것은 없다!

기도는 더 정진하고, 노력하여 뜻을 반드시 이루겠다는, 의지를 확인하는 자리로 헛된 망상에서 깨어날 때 한국불교는 발전하지 않을까 싶다!

이 글을 쓰면서 깨달음을 얻기 위해 정진하는 참 스님에게 진심으로 사죄의 말씀을 올린다.

‧ ‧ ●

노동

K형에게 길을 묻다

인간은 이성적 존재이며 도구를 사용하고, 노동을 통하여 자신의 생존을 유지하는 사회적 동물이다. 도구를 이용한 노동은 형태를 변화시킬 뿐만 아니라 자신이 의식하고 있는 것을 자연에서 실현한다.

꿀벌이 집을 짓고 부지런히 꿀을 모으고, 개미가 땅속에서 집을 지은 후 식량을 모으는 행동은 본능에 따른 현상이지만, 인간은 사고하고 행동하는, 행동은 본능이 아닌 의식적 활동이다.

동물적 특성을 초월하는 것이 노동의 본질이고, 동물은 먹이사슬 또는 자연현상에 순응하며 살지만, 인간은 자연에 도전하고, 때론 역행하면서 자연을 변형시켜나가는 특성을 가지고 있다.

노동은 가장 인간적 속성이며, 노동을 통하여 인간은 진화한다. 자본이 출현하기 이전에는 인간과 동물의 구분은 모호했다. 자본이 출현하면서 인간과 동물의 구분이 명확해지고, 문명이라는 역사가 시작되었다. 역사학적으로 문명의 상위에 있던 노동은 자본의 출현으로 천시받았으며, '잉여가치'라는 보이지 않는 물질을 탄생시켰다.

고대 사회는 아폴론적 인간을 중시하면서 디오니소스적 인간을 경시했고, 감성보다 이성을, 육체가 아닌 정신세계를 극단적으로 추구하면서 땀의 결정체인 노동을 자본에 귀속시켰다.

자본의 지배를 받으면서도 노동은 자연을 변형시킨다.

자연에서 얻은 물질을 생존에 필요한 물건을 만들었고, 노동으로 만들어진 물건은 상품으로서의 가치를 갖게 된다. 상품은 인간의 욕망을 충족시키는 하나의 대상으로, 한 물건의 유용성은 사용할 수 있는 가치로 결정되었고, 소비량과 희소성에 의하여 가치는 결정되었다. 교환가치는 상품 속에 들어있는 노동력으로 결정된다.

상품에 사용가치와 교환가치가 있듯이 상품을 만드는 노동에도 유용노동과 추상적 노동이 있다고 K는 자본론에서 주장했다. 유용노동이란 상품의 가치를 창조하는 구체적 노동을, 추상적 노동이란 상품의 실질적 가치를 말하는 것으로 '가치란 모든 상품은 일정한 크기로 응고된 노동시간에 불과할 뿐이고, '폭력에 의한 지배'가 자본'이라고 정의하면서 잉여노동이라는 새로운 개념이 출현했다.

자본과 노동이 결합하면서 사회적 계약관계가 성립되었고, 형식은 평등한 관계라고 하지만 내용은 불평등 관계이다. 노동자는 자본에게 자신의 노동을 상품으로 팔고, 그 대가인 임금을 화폐로 지불받으면서 잉여라는 새로운 가치가 발생하는데 K는 자본론에서 간파한 폭력에 의한 지배가 바로 잉여가치라고 했다.

자본과 노동은 대등한 관계지만 노동력을 더하면 이 속에 '자본가의 수탈행위가 은폐되어 있다.' 임금은 생명을 유지하는 데 최소한의 비용이다. 자본주의 생산양식이 만들어 내는 화폐에는 신비한 효과가 은폐되어 있다. 노동의 일정 부분은 노동자의 생존에 필요한 필수품을 생산하고, 나머지의 노동력은 자본가의 가치증식을 위해 사용되는 것이다.

생존을 위한 노동이 필요노동이라 한다면 가치증식에 이용된 노동력은 잉여노동으로 자본은 잉여노동의 축적물에 지나지 않는다.

노동력의 산물인 자본이 시장에서 독립적인 세력으로 변형되어 노동자를 지배하는 이유는 잉여가치라는, 또 다른 형태의 자본으로 축적되기 때문이다.

잉여가치를 통한 노동의 결과물이 자본으로 이동하면서 노동은 철저하게 자본으로부터 배제되고, 자본에서 발생한 축적된 잉여가치는 다시 자본으로 편입된다. 결국, 노동과 자본의 평등 관계가 잉여가치로 인하여 불평등의 관계로 전환된다.

인간은 노동을 통하여 자연과 소통하고 합일한다.

노동의 소외는 자연과의 단절을 초래하면서 자본은 노동자를 기계의 부속품으로 인식하게 된다. 자연에서 얻은 물질을 가공하여 물건을 만드는 장인정신이 사라지고, 수공업에서 기계공업으로 산업구조가 급변하면서 노동은 분업의 형태로 발전한다. 철저하게 자본에 귀속된 임금노동자로 전락하면서 사회로부터 소외현상을 가져온다.

소외된 인간이 다시 사회로 편입하려면 소외된 노동에서 해방되어야 하고, 노동자에게 노동해방과 인간해방을 동시에 쟁취되어야 할 공동의 목표이다. 인간의 의식이 사회적 존재를 결정하는 것이 아니고, 사회적 존재가 인간의 의식을 결정하는 것으로 생산력이 발전하고 분업화가 지속된다면 노동은 자본의 힘에 의

한 소외의 현상이 반복적으로 나타날 수밖에 없다.

노동의 잉여가치가 작아질수록 노동해방은 가까워지고, 노동 해방을 위해 K에게 길을 묻는다.

● ● ●

바이러스

人間과 virus

　세계사적으로 볼 때 이념과 영토분쟁은 국지전에 불과하고, 전 인류의 존립을 위협하는 전쟁은 핵전쟁 또는 인간과 바이러스, 우주생물체와 전쟁이다.

　2019년 박쥐를 매개로 한 '코로나19'라는 바이러스가 중국 우한에서 출현하여 우한을 정복한 후 인간의 신체에 기생하여 비행기 또는 선박을 이용하여 세계로 이동한 후 인간과 바이러스라는 전대미문의 전쟁으로 지구인의 생명을 위협하고 있다.

바이러스의 침공에 맞서 인간은 '화이자' 등 백신을 개발하여 바이러스에 대항하고 있으나 특별한 치료제를 개발하지 못하고, 예방적 차원에 머물고, '코로나19'는 인간의 치료제를 비웃듯 오미크론' XBB, BA7, 등의 진화를 통하여 전 세계를 공포에 몰아놓고 있다.

바이러스와 전쟁은 국가 간의 불신, 인간관계의 불신, 등 일상생활의 불편을 초래하면서, 정부의 일정한 거리두기, 마스크 쓰기, 각종 행사 취소 등으로 인간관계가 실종되어 인간소외 현상까지 나타나고 있다.

정부의 주도 아래 민관의 합심으로 코로나 방역에 최선을 다하고 있으나, 정부 시스템의 미비, 종교단체의 비협조, 악덕 상인의 불법영업과 일부 청소년의 일탈 등으로 방역체계의 허점을 드러냈고, 정부의 지원 또한 형평성에 문제가 제기되었다.

"99마지기를 가진 지주를 위해 빈농의 1마지기를 뺏어 100마지기로 채워주는 정책은 왕의 쾌락을 위해 거지의 고통을 은폐

하는 부익부 빈익빈으로 취약계층은 생존권을 위협받고 있다."

2015년 '중동 호흡기증후군'의 공격으로 33명이 목숨을 잃었을 때 어느 분은 "낙타고기를 먹지 말자."라는 신선한(?) 유머로 국민을 웃겼지만, 지난한 '코로나19'의 공격으로 영혼까지 털려버렸고, 아직 출현하지도 않은 미확인 바이러스는 지구 은밀한 곳에서 촉수를 감춘 채 지금의 상황을 주시하고 있을지 모른다!

'코로나19'라는 보이지 않는 바이러스의 정체는 어쩌면 바이러스가 인간에게 보내는 경고다. 자신들의 영역에 인간이 문명이라는 이름으로 침입하자 더 이상 침입하지 말아 달라는 바이러스의 경고를 인간은 무시했고, 바이러스는 자신들의 영역을 보존하려는 본능이 '코로나19'라는 공격으로 이어졌을 가능성이 있다.

인간과 바이러스의 공존은 어렵지 않다.

간척지를 만들기 위해 문명이라는 이름으로 갯벌을 훼손하고, 탐험이라는 명분으로 밀림 또는 동굴을 탐사하고, 정복이라는 이름으로 히말라야 설산을 오르는 행위 등이 바이러스의 입장에 서면 인간이 영역을 침범한 것이고, 바이러스가 인간을 공격하는 촉매는 물질문명 발달이라는 인간의 이기심이 작용한 필연의 결과이다.

자원 확보를 위하여 지구에 구멍을 뚫고, 동굴을 탐사하고, 커피를 얻기 위해 열대우림을 불 지르고, 최후의 도피처로 우주개발에 나서는 행위 등이 바이러스의 입장에서는 인간의 공격 행위다.

낙타의 메르스, 침팬지의 에이즈가 인간 세상에 출현한 것은 결코 우연이 아니다. 개척과 탐험의 명분으로 분명은 달에 가고, 밀림에 들어간 인간에게 바이러스는 공격으로 간주했을지도 모른다.

공장에서 배출되는 각종 화학물질과 자동차의 매연, 밀림의 파괴를 서식처를 잃은 바이러스가 새로운 서식처를 찾게 된다. 비행기와 선박 등의 교통수단은 그들의 이동 경로로 바이러스의 세계화 시대를 문명이 열어 주었다.

풍부한 천연자원을 보유하고 있는 아프리카에 선진국은 개발이라는 명분으로 이권을 따내 이익을 챙겼고, 국가의 명예를 높인다는 이유로 미지의 동굴 또는 설산을 탐사하는 행위는 의도했든 의도하지 않았든 인간이 바이러스를 문명으로 초대한 것만큼은 분명하다. 첨단 문명을 자랑하는 선진국의 미필적 고의가 후진국의 피해로 나타나는 현상이 바이러스의 출현이며, 바이러스의 피해는 후진국을 넘어 선진국을 위협하고, 지구인을 겨냥한 전쟁으로 비화하였다.

전쟁을 종식하는 유일한 방법은 그들의 영역을 더 이상 침범하지 않는 바이러스와의 협약으로, 의료기술의 전진만으로 지구인의 안전을 더 이상 보장받을 수 없다. 바이러스의 안전으로 지구인의 평화를 얻고 싶다면 기술의 혁신적 발전이라는 문명은 이쯤에서 멈추고 그들과 협력하여야 한다. 특정 집단의 이익을 위해 바다를 메워 간척지로 만들고 강을 막아 호수로 만드는 행위는 특정 지역이 아닌 지구인의 불행이고, 미래 세대를 위험에 빠뜨리는 행위로 지구촌의 안전을 위해 바이러스와 종전하자…!

・ ・ ●

인간

생명과 탐욕

어느 여름날이었다.

갑자기 소나기가 내렸고, 비를 피해 바쁘게 길을 걷다 갑자기 주위가 소란스러웠다.

경적을 울리며 브레이크 밟는 소리가 들리고, 차 앞에는 고양이로 추정되는 물체가 공중에 한 번 펄떡 몸을 솟구치더니 바닥에 떨어져 꿈쩍도 하지 않는다. 차들은 사체를 피해 지나가고, 일부는 그냥 바퀴로 사체를 밟고 지나간다. 검붉은 내장은 사체와 분리되어 차도 위에 흩어지고, 빗물에 씻기면서 허연 내장이

빗물에 꿈틀거린다.

  무표정한 운전자들은 사체를 보고도 아무 일도 없었다는 듯 그냥 지나친다. 내 몸속에도 저것을 닮은 내장으로 가득 차 생명을 유지하고 있다는 사실이 역겹고, 메스꺼워 구역질이 올라온다.

  Road Kill은 문명의 이기가 만든 불행으로 동물의 사체는 보아서는 안 될 불편한 존재로만 인식할 뿐이고, 인간이 아닌 생명체의 죽임에는 관심조차 주지 않는다.

  자동차에 사람이 스치기만 해도 구급차를 출동시켜 구조하는데, 똑같은 생명을 가진 동물에게는 단지 인간과 다르다는 이유로 외면해 버린다. 인간이 만든 자동차에 죽임을 당한 사체가 단지 불편할 뿐이다.

  멧돼지가 도심에 나타나고, 농작물에 피해를 준다고 언론에서 난리다.

인간은 멧돼지와 고라니 등 야생동물의 터전을 짓밟고, 뺏어 더 깊숙한 산속으로 내몰았다. 그들의 식량인 도토리 등은 특별한 음식의 재료로 사용하기 위해 인간들이 빼앗았다. 산이 감춰놓은 식량까지 인간이 차지하자 야생동물은 먹이를 찾아 민가에 나타나고 농작물에 일부 피해를 줄 뿐인데, 유해조수로 지정되어 대대적인 포획을 당하면서 지금도 인간에게 쫓기고 있다.

통계에 따르면 인간에게 사살된 멧돼지는 29만 마리가 넘고, Road kill로 숨진 너구리, 고라니, 고양이 등은 공식적으로 약 4만 건에 가까운데 신고되지 않은 비공식 숫자까지 포함하면 얼마나 될까? 똑같은 생명체로 지구에 살면서 단지 인간과 다르다는 이유로 억울한 죽임을 당하는 생명체는 인간의 탐욕이 부른 비극일 뿐이다.

자연계의 법칙에서 보면 모든 생명체는 동일한 가치를 갖는데, 탐욕으로 가득 찬 인간만이 우월적 존재로 인식하면서 생명체의 가치를 인간과 동물로 나누고 있을 뿐이다.

동물 또는 식물에는 존엄성을 포함한 생명의 가치가 아예 존재하지 않고, 생명의 가치는 오직 인간에게만 있다는 편협된 사고는 인간이 재단한 천박한 기준에 불과하고, 자연계의 시선으로 조금만 사유를 확장하면 생명의 가치는 동, 식물과 심지어 돌멩이까지 똑같은 가치를 가지고 있다.

문명이 밝혀낸 지구의 나이는 약 45억 년으로 추정하고 있으며 인류의 직접적인 조상인 호모사피엔스가 지구에 출현한 시기는 대략 4만 년 전으로 지구에 인간이 출현하기 전에는 평온을 유지했다.

지구에 인간이 출현하면서 불을 이용하고, 과학을 발전시켜 자동차를 만들고 달을 탐사하고, 인공지능을 개발하여 인간을 대신한다. 태양계의 한 조그마한 행성에 불과한 지구가 우주를 지배하려는 듯 문명이라는 과학을 이용하여 전화에 진화를 거듭하여 옛날에 10년이면 강산도 변한다고 했는데 과학의 발전으로 지구는 초 단위로 변하고 있다.

Aristoteles는 인간을 사회적 동물이라고 했다. 태어나서 죽을 때까지 인연을 맺고, 언어와 가치관 등을 공유하는 상호작용이라는 관계 속에서 살아가는 사회적 동물이 인간이라는 말이다.

호랑이도 동물이고, 여우도 동물로 지구 상에는 수십만 종의 동물들이 자연의 질서 속에서 순응하면서 살아가는데, 유독 인간이라는 동물만이 자연을 배반하고, 때론 역행하면서 지구라는 거대한 자연계의 순응을 거부한 채 자연에 도전해온 결과물이 45억 년의 지구를 문명이라는 이름으로 불과 100년 만에 망가뜨렸다.

탐욕과 지배욕은 국가 간의 전쟁을 일으킨다.

원자폭탄을 만들어 인간을 포함한 동, 식물을 멸종시킨 후 부르는 승리의 찬가를 지켜보았다. 체르노빌의 원전 사고에서 살아남은 생명은 유전자의 변이를 일으켜 괴생명체를 만들었다. mers, Covid-19 등 Virus의 창궐로 지구는 거대한 재앙을 예비하고 있는데도 독선적이고 탐욕적인 인간은 백신과 치료제의 개발로 퇴치가 가능하다는 오만에 가득 차 있을 뿐 해결책을 제시하지 않는다.

현재도 약 15,000개의 핵탄두가 지구멸망을 예비하고 있다!

UFO의 출현과 항성의 폭발, AI의 인간지배, Virus의 공격 등 핵탄두 외에도 다양한 시나리오로 지구의 멸망을 경고하고, 세계대전이라 불리는 Covid-19는 다양한 변이를 통하여 인간을 괴롭힌다. 앞으로 어떤 Virus가 출현하여 인간과 전쟁을 벌일지, 막연한 불안으로 생을 이어가는 것이 현실이다.

프랑스 혁명에서 예언자적 역할을 했던 Rousseau는 문명이 인간 생활을 왜곡시켜 사회적 불평등을 초래했고, 이것이 사회악을 산출했다고 지적하면서 자연으로 돌아가라고 주장했고, 장자는 무위자연이라 하면서 생존에 필요한 만큼만 자연을 이용하고, 자연 속에서 삶을 찾으라고 하지 않았는가?

감각에 의존하여 살아가는 동물과 달리 사유하며 살아가는 인간에게 문명은 분명 필요한 존재지만 최소한에 거쳐야 하고, 필요 이상은 화를 자초할 뿐이다. 단지 자연의 현상으로 치부한 태풍과 쓰나미 등은 자연이 인간에게 상응하는 복수를 하는 것인지도 모른다.

태초에 존재하지 않았던 라니냐와 엘니뇨 현상, 한때 검은 보석이라 불렸던 석유 등 화학연료에 의한 오존층 파괴, 동굴과 밀림에서 소환한 에이즈와 코로나19 등은 자연 이 인간에게 보낸 경고로 인식해야 한다.

지구에는 다양한 생명체들이 자연에 섭리 속에 정연하게 움직이고 있는데, 유독 인간만이 자연에 도전하면서 질서를 무너뜨리면서 자연을 지배하려고 하고 있다.

매일같이 수십 종의 동, 식물들이 지구 상에서 사라지는 이유는 자연계의 질서가 아닌 탐욕에 찬 인간들이 만든 결과물이다. 우주의 질서에서 본다면 풀 한 포기 나무 한 그루, 작은 생명까지도 인간의 생명과 똑같은 가치를 가지고 있으며 인간이라고 우월한 존재를 인정하지 않는다.

　지구는 현재를 사는 우리의 것이 아니라 미래 세대에게 빌려 쓰는 것이라고 했다.

　숲이 사라지고, 동물이 사라진 지구에서 인간이 살아간다는 것은 불가능하고, 시점만 달리할 뿐 멸망의 길에 가속도가 붙기 전에 문명은 멈추어야 한다. 한쪽에서는 풍요가 넘쳐 주체하지 못하는데, 또 다른 지구의 한쪽에는 기아로 매년 수백만 명이 목숨을 잃어도 관심을 주지 않으면서 키우는 애완동물에게는 가족처럼 사랑하고 축복을 내려준다.

　인간은 혼자 살아갈 수 없는 사회적 동물로, 산다는 것은 다양한 관계의 연속이다.

　가족 또는 지인을 잃으며 슬픔의 눈물을 흘리고 키우던 애완견의 죽음에서 슬픔을 느낀다면 문명의 이기로 인한 생명체의 죽음에도 동일한 눈물을 흘릴 때 인간의 탐욕은 멈춘다.

　우주의 끝자락 한구석에서 존재하지도 않은 신을 받들면서 영혼을 구제받으려는 탐욕보다는 사유를 확장하여 비와 바람, 나무와 돌, 인간과 다른 몸을 가진 동물에게 생명의 가치가 똑같다는 인식을 가질 때 탐욕에서 벗어나고, 자연과 합일하는 것이 방향성이 맞지 않을까?

　일본 SF를 대표하는 고마쓰 사쿄의 재난소설을 원작으로 만들어진 영화 「일본 침몰」은 인간의 탐욕이 부른 비극이 어디까지인지 잘 설명하고 있다.

　인간은 지구가 있기에 살아가는 거야!

미인폭포

● ● ●

하얀 겨울

개와 고양이와 나

말은 방울을 흔들어 무슨 잘못이 있는가 물어본다.

다른 소리라고는, 다만 스쳐 가는 조용한 바람과 솜털 같은

눈송이뿐….

Robert Froat의 「눈 오는 저녁 숲에 서서」라는 시의 일부입

니다.

1월의 중순을 지나고 있고, 강원도는 폭설로 도로가 막히고, 일부 산간 지역은 일상생활에 불편을 겪고 있다는 소식은 눈이 내리지 않는 곳에 사는 사람들에게는 부러움으로 다가오고, 사치에 불과합니다.

옛적에는 그렇게 많은 눈이 내려 눈사람도 만들었고, 눈싸움의 추억도 있는데 지구 온난화 영향인지 겨울에도 눈이 오지 않고, 흩날리다 그치는 경우가 대부분이라 눈 내리는 겨울은 기억으로만 존재합니다.

겨울왕국을 보지 않고는 이 겨울을 그냥 보낼 수 없어, 설국으로 가는 열차를 타기 위해 미명도 오지 않은 동대구역에서 동해로 가는 무궁화 열차에 몸을 맡겼고, 같은 공간에 설국을 찾아 떠나는 또 다른 여행자들은 무리를 지어 자리를 차지한 후 윷놀이판을 펼치는 등 그들만의 세계에 빠져 타인에 대한 존중과 배려를 무시해 버립니다.

여행 중에 읽으려고 가져간 너새니얼 호손의 주홍글씨는 펼쳐

보지도 못하고, 기차는 안동을 지나면서 실루엣처럼 창밖의 풍경을 보여 줍니다.

　봉화를 지나면서 응달진 곳에는 잔설이, 탄광의 역사를 말해주는 철암역의 검은 석탄 더미에도, 나뭇가지 위에도 햇살을 머금은 눈이 반짝반짝 빛나고, 제 무게를 이기지 못한 눈꽃들이 안개처럼 흩어지고, 태백은 하얀 순백의 고장으로 변해 있었습니다.

　여행자의 무리에 섞여 동백산역에서 내렸고, 천년세월을 지켜온 주목 나무가 몽환적인 태백산을 가기 위해 떠나고, 저만 역사에 남습니다.

　눈의 왕국에서 하루를 보내는 것이 여행의 목적이라 그냥 길을 걸으면서 풍경을 눈에 담습니다. 교회 지붕의 뾰족한 십자가, 폐광으로 사람이 떠난 빈집의 고드름, 얼어붙은 개울, 하나하나의 풍경이 작품으로 승화하면서 빛나고 있습니다.

걷고, 또 걷고, 폐광의 역사를 오롯이 간직하고 있는 통리에 도착합니다. 광산이 문을 닫으면서 사람들이 일자리를 찾아 전국으로 흩어지고, 남겨진 사람들이 오순도순 살아가는 통리는 바람만 쉬어가고, 통리폐역은 하얀 눈 속에서 평온합니다. 오로라 파크의 스위스 융프라우로 가는 길목에 있는 '클라이네 샤이데크역, 밤하늘을 달리는 일본의 노베야마역'은 공허하고, 태양의 후예 촬영지인 탄탄파크는 박제된 연인의 동상이 바람에 외롭고, 탄광촌의 소재로 한 기억의 터는 극한 직업으로 삶의 지속을 위해 사선을 넘나들었던 광부들을 조롱하는 것 같아 씁쓸합니다.

하얀 길을 따라 미인폭포로 갑니다.

보통 자동차를 또는 택시를 이용하여 방문하는 왕복 5km의 길인데 오랫동안 겨울왕국에 머물고 싶어 걷기로 합니다. 칼바람이 심장을 겨누어도 하얀 겨울 속에서 지금 행복합니다.

폭포로 가는 길에 눈이 발목까지 차고, 아이젠에 의지한 발걸음은 조심조심하여 넘어지지 않았고, 폭포로 가는 도중 갈색의 고양이가 사람을 두려워하지 않고, 친절하게 길 안내를 도와줍니다.

폭포를 찾는 여행자에게 길 안내를 해 주고 대가로 먹거리를 구하는지, 사람의 발자국이 없는 눈길에서 먹이를 찾지 못했는지, 눈빛이 애절하여 소시지 한 개를 주니 입에 물고는 조금 앞서 갑니다. 폭포를 렌즈에 담는 동안 고양이는 식사를 마쳤습니다.

미인폭포는 폭포의 아랫단이 치마폭을 닮았다는, 미녀가 사별한 남편을 그리워하여 폭포에서 몸을 던져 미인폭포로 명명되었다는 전설만큼이나 얼어붙은 폭포는 아름다웠고, 주변 나무는 흰옷으로 갈아입어 몽환적인 분위를 연출합니다. 폭포에서 바라보는 270m의 검붉은 심포 협곡은 참으로 장엄했습니다.

내려온 만큼 오르는 길에 다시 고양이가 앞섭니다. 눈길을 조심하라는 의미인지, 눈 위를 뒹굴면서 재롱을 부리고, 그렇게 왕복 1.6km를 고양이와 동행했습니다.

이제는 고양이에게 안내에 대한 대가를 지불할 차례입니다. 비상용으로 준비한 소시지 2개와 빵 1개가 전부인데 소시지 한 개는 폭포에서 선지급했고, 배분을 어떻게 해야 할지, 황구도 쇠사슬에 묶이지만 않았다면 아마 동행했을 것입니다. 소시지를 절반으로 나누어 고양이에게 주니 황구가 착한 눈빛으로 꼬리를 흔듭니다. 좀 나눠달라는 표식입니다.

나머지 절반은 황구에게 주고, 빵은 n분의 1로 나누어 봅니다.

냥이에게 2를 주고, 쇠사슬에 묶인 황구에게 2를 주고, 나머지 1은 제 몫으로 마주 보며 먹습니다.

아무래도 고양이가 손해를 보는 느낌인지, 자꾸만 더 달라고 소리치고, 황구는 황구대로 꼬리를 흔들고, 배낭에는 아무것도 없고, 참으로 난감했습니다.

고양이와 인간이 동행한 것은 고대 이집트로 고양이가 설치류를 잡아 곡식을 지켜준다는 것을 인간이 알면서 관계를 지속해왔고, 개와 고양이의 전설도 참 많습니다.

어부가 용왕의 아들인 잉어를 잡았지만 살려준 은혜로 용왕에게 여의주를 얻어 부자가 됩니다. 어부에게 여의주를 훔친 방물장수 할멈, 어부의 집 개와 고양이는 할멈의 집에 숨어들어 왕쥐를 잡은 후 부하에게 여의주를 가져오게 합니다. 고양이는 여의주를 물고 개의 등에 업혀 강물을 건너다 물에 여의주를 물속에 빠뜨리고, 개는 그냥 집으로 오지만 고양이는 죽은 생선의 배 속에서 여의주를 찾아 어부에게 가져다줍니다. 이후 고양이는 방에서 자고 개는 밖에서 잔다는 전설입니다.

우리에게 너무나 익숙한 프랑스의 작가 베르나르 베르베르는 "고양이는 인간을 적절히 이용해 행복하게 사는 법을 터득한 동물로, 서두르는 법이 없고, 장난치고 노는 것 외에 관심이 없으며, 인간이 이해하지 못하는 것을 이해하고 있는 듯한 눈을 가졌다."라면서 신비한 영감을 원한다면 고양이를, 사랑을 원한다면 개를 키우라고 했습니다.

지구의 진정한 주인이 누구인지 묻고 싶습니다.

인간은 지구의 파괴자일 뿐이고, 진정한 지구의 주인은 아직 나타나지 않았는데, 빌려 쓰는 지구를 싫증 난 장난감처럼 가볍게 여기는 무리는 지구 상에 인간이 유일하고, 진정한 지구의 주인은 자연입니다. 지구의 입장에서는 인간이란 불편한 존재가 본질입니다.

하얀 겨울은 인간에게만 아름답게 느껴지고, 존재하는 모든 사물의 입장에서는 혹독한 계절이 분명합니다. 인적이 끊어진 미인폭포의 고양이와 쇠사슬에 묶인 황구는 이 겨울을 어떻게 견딜지 참으로 걱정스럽습니다.

순백으로 빛나는 하얀 겨울이 존재하는 모두에게 아름답지 못하다는 사실을, 고통을 함께 나누는 지혜가 필요하다는 것을, 고양이와 황구에게 진심으로 미안해지는 하얀 겨울의 어느 하루입니다.

● ● ● ●

북한강에서

'너와 나 그리고 우리, 우리들'

가나, 케냐 등의 국가는 기아로 인해 매일매일 생존을 위협받는 절대적 빈곤 국가이다. 세계 10대 무역 대국인 대한민국에서 빈곤을 말하는 것은 절대적 빈곤 국가를 모독하는 사치에 불과할 뿐으로, 1%의 부자가 되지 못한 99%가 상대적 박탈감을 빈곤으로 포장한다면 복지를 최우선으로 하는 북유럽조차도 자유로울 수 없다.

'내 이웃이 부자이니 나는 빈곤하다.'라는 피해의식은 본질을 왜곡하고, 현상에만 집착한 결과물이 인식을 저해하면서 자기 부정을 만들고, 자신을 기만하는 행위로 나타나는 것이다. 상대적 박탈감은 과거와 현재, 미래에도 존재하겠지만, 대한민국은 상대적 빈곤만이 있을 뿐, 절대적 빈곤은 없다.

"生也一片浮雲起 死也一片浮雲滅."

선현들은 산다는 것은 한 조각의 구름이 모이는 것이고, 죽는다는 것은 한 조각의 구름이 흩어지는 것에 비유했고, "空手來 空手去.", 빈손으로 왔다 빈손으로 가니 집착과 탐욕을 경계하라 했다.

질병의 해방과 물질의 풍요는 행복의 조건이지 축복은 아니라 했고, 영혼이 자유로운 청빈에서 참된 행복을 찾는다고 했다. 성경은 "부자가 천국에 가는 일은 낙타가 바늘구멍을 통과하는 것보다 어렵다."라고 하면서 가치의 평등과 형평성의 원칙을 중시하라고 하지 않았는가!

불만 뒤에 불평은 시기와 투정의 산물이고, 노력 끝에 얻어진 정당한 부는 존경의 대상으로 칭찬받아야 한다고 했다. 노력하지 않는 게으름은 몹쓸 병으로, 게으름으로 빈곤은 자랑한다면 자신을 방어하기 위한 구차한 변명이고, 비난을 두려워하는 마음의 발로라 했다. 부덕한 탐욕과 게으른 빈곤은 다르면서도 닮은 존재라는 맥락이다.

세계를 정복한 알렉산더와 철학자 디오게네스의 공통점은 '같으면서 다르고, 다르면서 같다.'라는 사실로, 알렉산더는 채워서 만족감을 얻으려 했고, 디오게네스는 버려서 만족을 얻으려 했다. 하루는 알렉산더가 길가에 쪼그리고 앉은 디오게네스를 보자 "당신이 원하는 것이 무엇이냐?"라고 물었고, 디오게네스는 따뜻한 햇볕을 받는 것으로 충분하니 당신이 그늘을 만들지 말고 좀 비켜 달라고 요구했다. 이에 알렉산더는 내가 다시 태어난다면 아마 디오게네스로 태어날 것이라는 일화는 유명하다.

문득 반면교사와 온고지신이라는 고사가 떠오른다.
모두가 빈곤했던 시절, 빈곤의 퇴치가 목적이 되었던 시절, 수

단과 방법에는 문제를 제기하지 않고, 결과에만 집착하던 시절이 있었다. 지금의 물질적 풍요는 그때의 결과물이지만 정신이라는 소중한 것도 잃어버렸다. '너와 나 그리고 우리, 우리들'이라는 공동체를 말이다.

탐욕이 지배하는 영혼의 고통, 그때의 시계와 지금의 시계는 같지만 달리는 속도는 그때보다 분명 빠르게 돌아가고 있다. 물질이 만든 허상에 함몰되어 착시를 일으켰기 때문이다. 과거를 반추하면서 새로운 것을 창조하는 영혼과 물질의 결합을 말이다.

옛것이 불편하고 쓸모없는 것이라는 편견을 버리고, 필요한 것은 취하면서 불편 부당한 것은 과감히 떨쳐낸다. 넘치는 부는 과감하게 사회에 환원하는 참된 지성이 온고지신으로 고인 물은 썩는다고 했다.

영혼이 자유로우면 한곳에 오래 머물지도, 쉽게 떠나지도 않으면서 때를 기다린다고 하지 않았는가! 창밖의 풍경도 눈에 담는

지혜를 배우고, 배려를 위한 여백도 마련해 두면 좋을 것 같다.

북한강의 짙은 안갯속에 새벽 강물이 흐른다.

그 강물에 물질로 채워진 더럽혀진 영혼을 씻기 위해 강가로 나서면서 외돌다리 중간쯤에서 누군가를 만난다면 먼저 가시라는 여유에서 행복을 찾자!

배려는 상대를 존중하는 행위이고, 나의 품격을 높인다. 덕이 향으로 번지면 세상은 밝아지고, 공간은 행복으로 채워진다. 연꽃이 아름다운 것은 진흙에서 피어난 고고한 자태가 향으로 승화하여 세상의 어둠을 밝히기 때문으로 물질과 탐욕의 해방은 연꽃을 닮으려는 마음이 꽃으로 피어나기 때문이다. 어두운 터널에서 길을 찾던 때도 있었고, 한 번은 반짝이는 순간이 있는 것이 인생이다. 매 순간 선택이고, 선택은 자신의 몫이다. 육체와 영혼이 합일하지 못하면 살면서 죽은 것으로 새벽 북한강에서 타락한 내 영혼을 정제하기 위해 강물에 손을 담그고, 얼굴을 씻는다.

여행과 思惟

펴 낸 날　2023년 3월 22일

지 은 이　주경봉(석 채)
펴 낸 이　이기성
편집팀장　이윤숙
기획편집　이지희, 윤가영, 서해주
표지디자인　이지희
책임마케팅　강보현, 김성욱
펴 낸 곳　도서출판 생각나눔
출판등록　제 2018-000288호
주　　소　서울 잔다리로7안길 22, 태성빌딩 3층
전　　화　02-325-5100
팩　　스　02-325-5101
홈페이지　www.생각나눔.kr
이 메 일　bookmain@think-book.com

• 책값은 표지 뒷면에 표기되어 있습니다.
　ISBN　979-11-7048-543-8(03810)